서툴러도 괜찮아!

서툴러도 괜찮아!

초판 1쇄 인쇄_ 2021년 02월 15일 | **초판 1쇄 발행_** 2021년 02월 18일
지은이_ 동도중 꿈꾸는 책쓰기반 | **엮은이_** 박지유 | **펴낸이_** 진성옥 외 1인 | **펴낸곳_** 꿈과희망
디자인·편집_ 윤영화
주소_ 서울시 용산구 한강대로 76길 11-12 5층 501호
전화_ 02)2681-2832 | **팩스_** 02)943-0935 | **출판등록_** 제2016-000036호
E-mail_ jinsungok@empas.com
ISBN_ 979-11-6186-102-9 43810

2021 대구광역시교육청 책쓰기 프로젝트

서툴러도 괜찮아!

동도중 꿈꾸는 책쓰기반 지음
박지유 엮음

꿈과희망

2020, 여전히 쓰는 우리들

　한 해 동안 동도중 책쓰기 동아리 학생들이 쓴 글을 엮은 『서툴러도 괜찮아!』책이 나왔습니다.

　2020년은 '코로나-19'가 우리들의 기존 생활 방식을 많이 바꿔놓은 한 해였습니다. 사상 초유의 온라인 등교상황에 학교도, 학생들도 많이 혼란스러웠던지라 올해 책쓰기 동아리 활동까지 하는 것은 학생들에게 너무 부담이 되지 않을까 걱정했었는데, 올해도 변함없이 원고를 마무리하며 자기 몫을 다해 준 도서부원들에게 지면을 빌어 고마운 마음과 사랑을 전합니다.

　이번 책 쓰기의 바탕이 되는 활동은 버킷리스트 작성하기였습니다. '코로나 블루'라는 신조어가 생길 만큼 우울함과 걱정이 우리를 잠식해 가려 할수록, 함께 미래를 그리고 희망을 이야기해 보고 싶다고 생각했습니다. 자신이 원하는 미래를 그려보거나 상상속의 인물들을 재창조해 보며 잠시나마 걱정을 잊고 다시 한 발짝 앞으로 디딜 용기를 충전했기를 바랍니다.

많은 학생들이 후기에 '원하는 만큼 잘 쓰지 못해서 아쉽다'고 적었는데, 거기에 대한 대답을 책 제목으로 정했습니다.

'서툴러도 괜찮아!'

앞으로 책쓰기 동아리 학생들이 맞이할 모든 날들에 대해서도 같은 위로와 응원을 보내고 싶어요. 서툴러도 괜찮고, 하다 보면 늡니다.

우리 학생들이 1년간 수없이 고치고 새로 쓰기를 반복했을 소중한 글들을 재미있게 읽어주시고, 아낌없이 응원과 격려해 주시길 부탁드립니다.

2020년 10월

지도교사 박지유

★ 차례 ★

서툴러도 괜찮아,
친구 사귀기

권영신(3학년)

· · · · · ·

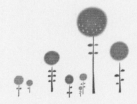

저는 3학년 권영신입니다.

제가 이 소재로 글을 쓰게 된 이유는 곧 학기가 끝나고 새로운 학기가 찾아오기 때문에 저도 한번 정리를 해볼 겸 쓰게 되었습니다. 처음에는 좋은 소재라고 생각해서 앗, 이거다! 하고 쓰게 되었는데 다 쓰고 나서 결과가 생각보다 좋지 않은 것 같아서 아쉽습니다. 시간이 많이 있었다면 급하게 후다닥 마무리짓지 않을 수 있었을 수도 있었을 것 같은데 이 점도 아쉽고요.

글 속에 나온 방법들이 확실한 효과가 있다고 말할 수도 없고, 다른 좋은 방법들도 많이 있겠지만 저의 개인적인 경험에서 비롯된 방법이니 도움이 되기를 바랍니다.

코로나로 인해 책 축제가 열리지 않고 도서부원들도 잘 만나지 못해서 좀 아쉽지만 안전이 최우선이니 다들 조심하시고 건강하세요.

다들 새 학기가 되면 설레기도 하고 걱정되기도 하지? 안 그런 사람은 거의 없을 거야. 특히 친한 친구들은 다 다른 반이고, 나 혼자만 다른 반에 떨어졌을 때. 그때는 정말 불안할 거야. 나만 친구를 사귀지 못하면 어쩌지? 1년 동안 나 혼자 다니는 거 아니야? 하고 말이야.

　하지만 이제 걱정은 조금 내려놓아도 돼! 이제부터 어떻게 하면 친구를 조금 더 쉽게 사귈 수 있는지 알려줄 거니까. 물론 이 방법들이 100% 정답은 아니지만, 참고한다고 생각하고 읽어줬으면 좋겠다.

시작. 친구 사귀기는 어려워!

　오늘은 3월 2일, 새 학기가 시작되는 날이자 내가 중학교에 진학하는 날이다. 어제부터 긴장도 되고 불안하기도 해서 잠을 제대로 자지 못했다. 아침 일찍 일어나서 할 일을 하고 학교로 향했다.

교실에 들어가니 친구들은 벌써 무리를 지어 모여 있었다. 내가 배정받은 반에 내 친구는 없었고, 거의 다 처음 보는 얼굴들이어서 다가가기도 힘들었다. 그래도 어젯밤에 연습한 대로 가방에서 초콜릿을 꺼내 한 무리에게 다가갔다.

"저기…. 안녕?"

"아, 안녕."

그런데 인사만 받아주고 다시 친구들과 대화를 하는 것이 아닌가! 나는 의기소침해져서 고개를 푹 숙인 뒤 자리로 돌아갔다. 내 자리에서 책을 읽고 있었는데, 한 친구가 말을 걸어와 반가운 마음에 고개를 팍 들고 친구를 쳐다보았다.

"친구야, 미안한데 붙어 있는 두 자리가 남지 않아서. 혹시 비켜줄 수 있을까?"

"아…. 응."

나와 친해지고 싶어서 말을 건 줄 알고 기대했는데, 아니었다. 내가 짐을 챙기고 일어나자 그 친구는 고맙다고 싱긋 웃으며 친구와 아까 전까지만 해도 내 자리였던 곳에서 웃고 떠들기 시작했다.

'왜 나랑은 대화를 안 할까?' '1년 동안 친구를 못 사귀는 게 아닐까?' 와 같은 부정적인 생각들이 내 머릿속에 꽉 찼다. 이대로는 안 되겠어! 나는 주먹을 불끈 쥐고 노트를 가방에서 꺼내 책상 위에 폈다.

※ 친구 사귀는 방법

공통 취미 찾기

좋은 인상 남기기

하교 같이 하기

칭찬 많이 하기

같은 동아리 들어가기

좋아! 이제 하나씩 행동해 보는 거야.

01. 공통된 취미를 찾아라!

일단 교실에 있는 친구들의 행동을 관찰해 보기로 했다. 저 친구들은 그림을 그리고 있고, 저 친구들은 공부를 하고 있고. 저 친구는…. 드디어 나와 취미 비슷한 친구를 찾았다. 나는 곧장 일어나서 그 친구에게 다가갔다.

"… 안녕? 이름 뭔지 물어봐도 돼?"

"진서현이야."

"아! 난 김소은이야."

"근데 왜?"

"아, 책 읽는 거 좋아하나 해서…. 난 좋아하거든."

그러자 서현이는 표정이 밝아지면서 나에게 관심을 보였다. 최근에 읽은 책, 제일 좋아하는 책, 좋아하는 구절 등 많은 것들에 대해 얘기했고, 그 결과 서현이에 대해서 잘 알 수 있었다. 그 애는 책을 읽는 것도 좋아하는데 소설을 써 보는 것도 취미라고 했다.

혹시 보여줄 수 있냐고 물어봤는데 흔쾌히 허락을 해주었다. 서현이의 소설은 로맨스였는데 등장인물들이 굉장히 입체적이었고 다들 매력 있는 캐릭터였다. 내용도 굉장히 재미있었던 탓에 서현이가 그렇게 멋져 보였다.

"와, 너 진짜 대단하다! 어떻게 이렇게 재미있게 쓰지?"

"많이 써 봐서 그래. 너도 해볼래? 소설 쓰는 거 재밌어."

"음…. 좋아!"

2020년 3월 XX일 날씨 맑음

처음에는 서현이가 어떻게 소설을 쓰는지 관찰을 하다, 주제를 정하고 등장인물들을 설정하고 글을 쓰기 시작했다. 쓰는 데 꽤 많은 어려움들이 있었지만 서현이의 도움으로 해결해 나갔고 글을 쓰는 데 조금씩 재미를 붙이기 시작했다. 서현이와는 친구가 되었고, 앞으로 같이 취미 생활을 이어나갈 예정이다!

02. 좋은 인상 남기기

지난 며칠 동안에는 서현이와 함께 다녔는데, 서현이는 요즘 대회에 나가느라 학교에 오지 않고 있다. 그래서 반 친구들이랑 조금 더 친해져 보기로 했다. 어떻게 하면 친해질 수 있을까 생각하다, 일단 인사를 많이 하기로 했다. 아침에 학교에 등교해서 인사를 하고 하교할 때 인사를 하고. 그러다 보니 처음에는 어색해하며 인사만 하고 다시 뒤돌던 친구들이 나에게도 말을 걸기 시작했다!

"안녕 얘들아."

"소은이 안녕~.

"인사만 하고 자리에 앉아 가방을 정리하고 있었는데 예림이가 다가와 나에게 집이 어디냐고 물었다.

"나 저기 ○○아파트에 살아."

"헐, 그 앞에 떡볶이 진짜 맛있는 데 있잖아. 부럽다……. 자주 먹을 수 있겠네."

"그치, 거기 완전 맛있어. 너는 어디 사는데?"

"나는 XX 아파트! 학교에서 좀 멀긴 한데 너랑 같은 방향이야."

"거기도 맛있는 데 엄청 많잖아! 나 ○○돈까스집 엄청 좋아해."

"오~ 먹을 줄 아는 친구구만. 그럼 우리 나중에 같이 먹으러 가자."

"좋아."

20XX년 XX월 XX일 날씨 맑음

　예림이는 외모만 보면 되게 차가울 것 같이 생겨서 처음에 인사를 할 때 많이 떨렸었다. 내 인사를 무시하면 어떡하지, 하고. 그런데 예림이는 웃으면서 내 인사를 받아주었고 오늘처럼 나에게 먼저 말을 걸기도 했었다. 그런데 오늘만큼 대화 많이 한 적은 없었는데!

　좋은 친구가 또 생겨서 기분이 너무 좋다.

03. 하교 같이 하기

　예림이와 더 친한 사이가 되고 서현이가 다시 학교로 돌아왔다. 나는 예림이와 서현이를 서로 소개시켜줬다. 둘도 성격이 잘 맞는 것 같아서 내가 괜히 다 뿌듯했다.

　우리 셋은 급식도 같이 먹고 모둠활동도 같이 하고 놀기도 같이 놀았다. 그러다 예림이가 오늘 떡볶이를 먹으러 가자고 했는데 문득 서현이에게 어디 사는지 아직 물어보지 않았다는 사실이 떠올랐다.

　"서현이는 어디 살아?"

　"나 OX 아파트 살아."

　"오, 우리 셋 다 집이 같은 방향이네."

"그럼 우리… 같이 하교할까?"

"좋아!"

그렇게 하교 메이트가 생겼고 끝나고 셋이서 떡볶이를 먹으러 가기로 약속을 하며 급식실로 내려가는데, 저 앞에서 민지가 혼자 걸어가는 것이 보였다. 민지는 우리 반 친구인데 성격이 내향적인지 친구들에게 잘 다가가지 못하는 것 같았다. 괜히 개학 첫 날의 의기소침했던 내가 떠올랐다.

"얘들아, 우리 민지랑 급식 먹자."

"난 상관없어."

"나도 괜찮아. 민지 귀엽잖아."

서현이와 예림이의 허락을 받은 후 나는 민지에게 걸어가서 말을 걸었다.

"민지야, 안녕."

"아, 안녕."

민지는 놀랐는지 화들짝 놀라며 나에게 인사를 건네었다. 나는 민지에게 혹시 괜찮으면 우리와 함께 밥을 먹지 않겠냐고 물어보았다. 그러자 민지의 볼이 발그레졌고, 좋다고 대답해 주었다. 민지는 친해지면 말이 많아지는 것 같았다. 처음에 계속 말을 걸었을 때는 조용히 대답을 해주었다면 지금은 신나서 대화를 이끌어가고 있다. 그런 민지의 모습에 난 괜히 흐뭇해졌다.

"민지야, 오늘 우리랑 같이 떡볶이 먹으러 갈래?"

"그래! 같이 가자."

"사람은 많을수록 좋지."

"좋아, 나 떡볶이 완전 사랑해!"

2020년 4월 XX일 날씨 선선함

오늘 학교가 끝나고 서현, 예림, 민지와 우리 집 앞에 있는 떡볶이 가게에 갔다. 항상 혼자 포장해서 집에서 먹거나 부모님과 함께 와서 먹었는데 이렇게 친구들과 같이 먹어서 더 맛있는 것 같았다. 특별할 것 없는 떡볶이였지만, 대화를 하면서 우리는 특별한 추억 하나를 쌓았다.

04. 칭찬 많이 하기

오늘은 곧 체육대회가 있어서 계주 연습을 하기로 한 날이었다. 우리는 출전 선수를 추천을 받아 정했는데 그중에는 민지가 있다. 초등학교 때부터 쭉 계주 선수로 뛰었다고 하는데, 내 주변에는 멋있는 친구들이 참 많은 것 같다.

마침 4반도 체육 수업이었는지 선생님께서 계주 경기를 한 번 해보자고 하셨다. 우리는 반 별로 나눠 앉은 후에 계주로 나가는 친구들을 응원하기 시작했다.

"민지 잘하고 와!"

"이길 수 있지?!"

"지고 오면 오늘 과자 없음."

"와… 그럼 질 수가 없는데. 갔다 올게."

선생님이 호루라기를 부시고 경기가 시작되었을 때부터 엄청 치열했다. 정말 미세한 차이로 우리 반이 앞서 나가고 있었다. 첫 번째 주자가 뛰고 난 후에 두 번째 주자가 뛰었고, 우리가 조금 더 앞서가며 네 번째 주자까지 왔을 때 그 친구가 그만 넘어져 버리고 말았다. 4반 친구들은 환호를 했고 그에 비해 우리 반은 조금 가라앉은 분위기였다.

그리고 그 다음 주자가 민지였는데, 솔직히 거리가 너무 벌어져서 기대는 하지 않고 봤다. 반 바퀴 차이가 났었는데… 점점 좁혀지기 시작했다. 그러자 우리 반 친구들은 다시 응원을 시작했고, 추월은 못한 채로 마지막 주자에게로 넘어갔다.

그렇게 여섯 번째 친구가 잘 뛰어주어 우리가 4반을 이기게 되었다. 우리는 경기가 끝나자마자 민지에게 달려가 안아주었다.

"와, 대박. 김민지 진짜 잘 뛰어."

"민지야, 내가 오늘 먹고 싶은 거 다 쏠게. 다 골라."

"진짜 멋지다."

"히히."

2020년 4월 XX일 날씨 매우매우 맑음

오늘 민지가 정말 잘 달려주어서 비록 연습 경기였지만 4반을 이길 수 있었다. 우리는 그런 민지가 기특해서 매점에서 민지가 좋아하는 간식들만 사서 갖다 바쳤다. 많이 먹고 잘하라는 뜻으로. 민지가 창피하다고 그만하라고 짜증 아닌 짜증을 낼 때까지 칭찬을 해주었는데 짜증을 내는 것을 보아⋯ 조금 더 친해진 것 같다. 오늘처럼만 실전에서 달리면 1등은 우리 반이 될 것 같다.

우리 반 체육 대회 파이팅!

05. 같은 동아리 들어가기

우리 학교 동아리는 한 번 선택하면 3년 내내 그만두지 않는 이상 계속 이어가야 하기 때문에 신중하게 선택해야 한다. 우리 넷 다 고정 동아리가 없었기에 우리는 4명이 같이 들어갈 수 있고 넷 다 동의하는 동아리를 찾아야 했다. 그렇게 몇 분 동안 서로의 눈치를 살피고 있었을까, 서현이가 이 침묵을 깼다.

"얘들아."

"응?"

"하나 둘 셋 하면 들어가고 싶은 데 말하는 거다. 하나 둘 셋 사진 동아리."

"사진 동아리."

"사진 동아리!"

"헐 나도 사진 동아리 생각하고 있었는데. 우리 의견이 다르면 어떡하나 걱정했어."

"우리 이 정도면 운명이다."

그렇게 우리는 사진 동아리에 들어가게 되었고 며칠 후 반일제 활동으로 동아리 실에 모이게 되었다. 아직 처음이라 우리를 배려해서 자기소개 타임을 가졌고, 선생님께서 동아리 활동으로 하는 것을 간단히 설명해 주셨다. 요약하면 우리가 원하는 데로 가서 사진을 찍고 그걸 제출하고 작품 설명을 간단히 적으면 된다는 말이다. 우리는 학교 주변에 있는 호수로 가서 동아리 활동을 하기로 했다.

서현이는 아날로그 느낌이 나는 필름 카메라로, 예림이는 디지털 카메라로, 나와 민지는 휴대폰으로 찍기로 했다. 호수 주위로 벚꽃이 많이 피어 있었는데, 호숫물에 비치는 벚꽃나무들이 너무 예뻤다. 그래서 나는 홀린 듯이 사진 버튼을 눌렀다. 따뜻하게 내리쬐는 약간의 햇빛도, 살랑살랑 부는 바람도, 흔들리는 나뭇가지들도. 모든 게 예뻤다.

제출해야 할 사진을 다 찍고 서현이를 기다리다가, 문득 생각이 들었다. 원래의 나는 좀 소심해서 누군가에게 먼저 다가갈 수는 없었는데 중학교에 올라오니까 뭔가 달라진 것 같기도 하고. 역시 마음가짐이 중요한가 보다. 그저 친구를 사귀고 싶다는 마음으로 좋은 친구를 3명이나 사귀었으니.

"소은아, 우리 사진 다 찍었어!"

"엉, 금방 갈게!"

- 비하인드 인터뷰 -

1. 진서현

"안녕하세요 서현씨. 인터뷰 시작할게요."
"네."

Q 학기 초 소은이 먼저 말을 걸었는데 그때 기분이 어땠나요?

A 음… 솔직히 처음엔 조금 당황하기도 했어요. 그런데 소은이도 책을 읽는 게 취미라고 하니 조금은 흥미가 갔었죠. 그냥 친해지기 위해 하는 말인 줄 알았는데 진짜 좋아하더라고요. 그래서 더 호감이 갔던 것 같아요.(웃음)

Q 소은이 글을 쓸 때 많이 도와줬다고 하던데 귀찮지는 않았나요?

A 전혀요. 글을 쓰는 게 제 또 다른 취미기도 하고, 남들 쓰는 거 보면 재밌어요. 내가 보완해서 좋은 글이 더 좋아지면 좋잖아요. 제가 보기엔 소은이도 재능이 있어요.

2. 김예림

"안녕하세요 예림씨, 인터뷰 시작할게요."
"네!"

Q 소은이 먼저 인사했을 때 잘 받아주셨는데 그때 느낌이 어땠나요?

A 저는 성격이 활발한 편이에요. 전 그렇게 생각 안 하는데 주변에서는 비글미? 있다고 하더라고요. 전 새 친구들 사귀는 거 좋아해요. 친구 많은 것도 좋고. 그래서 소은이가 인사했을 때도 잘 받아준 거예요. 이렇게 친해질 줄은 몰랐지만!

Q 떡볶이 집 에피소드 조금만 풀어주실 수 있나요?

A 싫은데요.

Q 예?

A 농담이고요. 딱히 에피소드랄 게 없어요. 그냥 사람 사는 얘기?

----

3. 김민지

"안녕하세요 민지씨. 인터뷰 시작할게요."

"네."

Q 처음에 소은이 말을 걸었을 때 느낌을 말해 주세요!

A 저는 소심한 성격이라 친구들을 잘 사귀지 못하는 편이에요.

그래서 먼저 다가와 준 소은이가 엄청 엄청 고마웠어요. 구원자를 본 느낌?

Q 반일제 때 특별한 사진을 찍었다고 하던데?

A 맞아요. 풍경 사진 찍고 있는 소은이와 예림이, 서현이를 찍었어요. 되게 잘 나왔는데 보실래요?

소소하지만 도움이 되기를 바라며
서툴러도 괜찮아, 친구 사귀기
마침.

어떤 사람

정유진(3학년)

· · · · · ·

　안녕하세요. 동도중학교 3학년에 재학 중인 정유진입니다. 저는 1학년 때 입학해 도서부원이 된 후 지금까지 활동하고 있는데요. 올해 도서부(책쓰기반)에서 마지막으로 활동하게 된 만큼 저에게 가장 의미 있는 것을 써 보고 싶었습니다. 그건 바로 저의 장래희망입니다. 저의 장래희망은 약사입니다. 사실 약사라는 직업은 우리에게 익숙한 직업이지만 생각보다 약사가 되기 위해서는 어떤 과정들이 있는지 잘 알지 못합니다. 저도 마찬가지였습니다. 그래서 저는 이 책을 씀으로써 저와 같은 꿈을 가진 친구들에게도 도움이 되고, 제 스스로도 꿈을 향해 한발 나아가고 싶었습니다. 저와 같은 중학생 주인공이 약사가 되는 과정을 소설로 풀어내 좀 더 재미있고 공감이 되도록 하고 싶었습니다. 이 소설이 자신의 꿈을 향해 나아가는 친구들에게 조금이나마 보탬이 되었으면 좋겠습니다.

I. 프롤로그

면접을 보기 위해 버스에 올라탔다. 딱 한 자리가 남아 있었다. 어쩐지 오늘은 좋은 일이 있을 것만 같았다. 여유 있게 면접장에 도착해서 대기실을 둘러보니 나처럼 면접을 보러온 사람들이 정말 많았다. 경쟁이 치열할 거란 생각이 들었다. 대학교에 입학할 때도 면접을 봤지만 면접은 항상 볼 때마다 긴장이 되었다. 드디어 내 차례가 되었다.

"휴……."

나는 깊게 심호흡을 하고 면접장의 문을 열었다. 긴장한 탓인지 문도 내 긴장감만큼 무겁게 느껴졌다. 1차 시험을 무사히 통과한 나였지만 또 다른 긴장이 나를 감싸는 듯했다. 문을 열자 면접관 세 명이 내 앞에 있었다. 첫 번째 사람에게 질문을 던진 후 나에게도 질문의 시간이 다가왔다. 면접관 중 한 명이 나에게 물었다.

"약사는 무엇인가요?"

나는 긴장된 목소리로 침착하게 대답을 하였다.

"음……. 그러니까 약사는 환자들을 치료하기 위한 약을 개발하고……."

그 뒤 몇 가지의 질문을 추가로 한 뒤 면접이 끝났다. 나올 때 긴장이 풀리면서 다리가 후들거렸다. 오늘 내가 한 대답에 100퍼센트 만족은 못했지만 그래도 이 정도면 나쁘지 않다고 생각하며 아침보다는 조금 더 가벼운 발걸음으로 집으로 돌아갔다.

며칠 뒤, 문자가 하나 왔다. 면접 결과에 대한 문자였다. 천천히 스크롤바를 내려 확인했다. '불합격'이라는 세 글자가 내 눈에 들어오자 잠시 몇 분 동안 가만히 있었다. '분명 괜찮게 대답한 것 같다고 생각했는데…….' 그러자 내 머리 속에 한 가지 질문이 하나 스쳐갔다.

"약사란 무엇인가요?"

내가 면접에서 받은 첫 번째 질문이었다. 사실 이에 대한 내 대답은 어느 사전에서나 찾아볼 수 있는 흔한 약사의 정의였다. 나는 왜 약대를 진학해 약사가 되고 싶었는지, 언제부터 그랬는지 나 자신에게 되물어 봤다. 과거의 나는 항상 자신 있게 대답하던 무언가가 있었던 것 같은데 지금의 나에게는 없다. 목표를 위해 정신없이 공부하고 시험을 치는 생활을 반복하면서 약사가 되고 싶었던 나의 궁극적인 목적은 희미해졌던 것 같았다. 어쩌면 '불합격'이라는 결과는 이미 나 자신도 어렴풋이 예상했던 결과일지도 몰랐다. 면접이 끝난 후 그 질문이 계속 머릿속을 맴돌았기 때문이다. 도대체 내가 할 수 있었던 대답은 무엇이었을까?

2. 나의 꿈

"같이 가!"

우린이가 나를 불렀다.

"빨리 와!"

우리는 버스를 놓칠세라 빠르게 달렸다. 다행히도 겨우 버스에 탔고 우리는 맨 뒤에서 두 번째 자리에 앉았다. 늦가을의 선선한 바람이 버스 창문을 통해 들어왔다.

"우리 언제 내려?"

우린이가 물었다.

"30분 뒤에."

버스에서 가만히 앉아 있는 걸 지겨워하는 우린이는 입을 삐죽 내밀었다. 나는 그런 우린이의 모습을 보고 옅은 미소를 지었다. 그러고 나서 다시 창문을 바라봤다. 추수가 끝나고 난 밭에는 텅 빈 모습만 보였다. 우린이는 사람들이 타고 내리는 모습을 보다가 잠이 들었다. 이제 우리가 내릴 차례가 다가왔다. 나는 급히 우린이를 깨웠다.

"우리 이제 내려야 돼."

우린이는 졸린 듯이 기지개를 펴며 잠과의 싸움에서 이기려고 노력했다. 우리는 버스에서 내려 병원을 향했다.

"우와, 진짜 크다."

병원에 올 때마다 항상 우린이가 하는 말이다. 하긴 엄마가 아프신 뒤로 도시에서 시골 외갓집으로 내려 간지 꽤 되니까 말이다. 나는 늘 그렇듯 똑같은 엘리베이터, 똑같은 복도, 똑같은 문을 열고 병실로 들어갔다. 엄마는 언제나 그렇듯 여전히 누워 있었다. 엄마는 3년 전부터 희귀병을 앓고 있다. 이 병은 몸은 움직이지 못해도 외부의 자극은 다 느낄 수 있어 직접 말하지는 못해도 듣는 것은 할 수 있는 병인데, 아주 희귀해서 아직 치료할 수 있는 방법도 약도 없었다. 우린이는 올 때마다 엄마가 자고 있다고 생각했다. 그래서 나는 그냥 그대로 내버려두기로 했다. 어차피 아직 어려서 이 병을 이해할 수도, 또 알더라도 충격을 받으면 어쩌나 생각했기 때문이다. 다른 식구들도 그러기로 했다.

"엄마, 일어나 봐."

우린이가 말했다.

"깨우지 마, 엄마 치료하는 게 힘들어서 주무시는 거야."

처음에는 우린이도 떼를 쓰면서 엄마를 깨우려 했지만 매번 실패하자 이제는 어쩔 수 없다는 듯이 혼자 가만히 동화책을 읽었다. 나도 창밖을 바라보았다. 도로 위에 차들이 정신없이 지나 다녔다. 세상은 빠르게 돌아가는데 이 병실의 시간만 멈추어 버린 것 같았다. 사실 우리가 여기에 와서 하는 일은 그냥 2시간 정도 앉아 있다 가는 것밖에 없었다. 말 그대로 그냥 엄마 얼굴 한 번 보러 오는 거였다. 나는 챙겨온 책을 꺼내 우린이와 나란히 앉아 책을 읽었다. 이 병실에서 우리는 시끄럽게 뛰어다녀도 안 되었기 때문에 우리가 할 수 있는 건 책 읽는 것뿐이었다. 2시간 뒤 우리는 이제 다시 짐을 챙겨 집으로 갈 준비를 했다. 오늘도 엄마 목소리 한 번 못 들어보고 돌아가게 되었다. 사실 매번 그래왔지만 그래도 병원을 오기 전 집을 나설 때면 오늘은 뭔가 다르겠지 하고 괜한 기대를 하게 된다. 늘 그렇듯이 또 다시 버스를 타고 시골집으로 돌아왔다. 저녁을 먹은 뒤 우리는 외할머니, 외할아버지와 뉴스를 보았다. 우린이는 만화를 보고 싶어 했지만 말이다. 뉴스에서는 세상이 돌아가는 여러 이야기들이 흘러나왔다. 날씨를 끝으로 뉴스를 마치려고 할 때쯤, 아나운서와 담당 PD들이 무언가 얘기하는 장면이 나오더니 뉴스 특보가 이어졌다. 우리 식구는 모두 갑작스런 특보에 눈을 돌렸다. 아나운서가 말했다.

"네, 방금 뉴스 특보가 도착을 했습니다. 오늘 9시 뉴스 끝에 좋은 소식 한 가지를 알려드리게 되었네요. 세상에는 잘 알려지지 않은 생각보다 많은 희귀병이 있는데요. 그중 ○○○○○병을 치료하는 약이 개발되었다고 합니다. ㅁㅁ연구소의 김유미 연구팀은 오랜 연구 끝에 오늘 9시 57분에 이 소식을 알렸는데요. 이 연구는 무려 7년 동안의 연구와 임상시험 끝에 성과를 이루게 된 것이라 합니다. 전 세계의 이 병에 걸린 환자와 환자의 보호자들이 이 소식을 듣고 그 누구보다 기뻐할 것 같습니다. 이어서 김유미 연구팀의 인터뷰를 전해드리겠습니다."

우리는 모두 너무 놀란 나머지 이 상황이 믿기지가 않았다. 그때였다. 아빠에게서 전화가 왔다. 병원에서 내일부터 이 약을 처방할 수 있다고 연락이 온 것이었다.

3. 목표

나는 가벼운 발걸음으로 학교를 향했다. 이사를 오면서 전 학교 친구들과도 떨어지게 되고 모든 것이 낯설기만 했던 나에게 오늘 처음으로 좋은 일이 생겼기 때문이다. 학교에 도착하니 나뿐만 아니라 다른 친구들도 기분이 좋아 보여 민이에게 물었다.

"오늘 무슨 일 있어?"

민이가 대답했다.

"우리 다음 주에 진로체험학습 간대."

나는 별로 신나지 않았다. 진로를 아직 결정하지 못해 참여하고 싶은 생각이 들지 않았다. 담임 선생님이 들어오셨다.

"자, 얘들아. 오늘은 다음 주에 있을 진로체험학습에서 어떤 활동을 할지 정할 거야. 하교시간까지 앞에 신청서에 자기 이름 적어야 해. 각 활동 마다 참여할 수 있는 인원이 제한되어 있으니까 참고하고"

선생님이 교실을 나가자 친구들은 신청서 앞으로 모였다. 나도 재빨리 나갔다. 목록을 쭉 훑어보던 중 김유미 연구원의 강연이 눈에 띄었다. '어제 뉴스에서 본 그 사람?' 난 재빨리 내 이름을 적었다. 활동 내용이 강연이어서 그런지 별로 좋아하지 않는 친구도 있었지만 어제 뉴스에 나온 만큼 관심을 갖는 친구도 꽤 있었다. 나는 사실 강연에는 별로 관심이 없고 그 사람을 한번 만나보고 내가 어제 얼마나 기뻤는지 전해드리고 싶었다. 그리고 '고맙습니다.'라는 이 한마디를 꼭 해드리고 싶었다. 진로체험을 신청한 후 일주일 동안 체험학습 날이 다가오기를 손꼽아 기다렸다. 강연장에는 정말 많은 사람이 모였다. 우리 학교 말고도 다른 학교 그리고 개인적으로 이 강연을 찾아 온 사람도 많았다. 드디어 강연이 시작되었다.

"안녕하세요. 김유미 연구원입니다. 생각보다 정말 많은 분들이 저를 찾아와주셔서 깜짝 놀랐어요. 이렇게 저를 직접 보러 와 주셔서 고맙습니다. 오늘 강연 주제는 제가 어떻게 이 자리까지 올 수 있었는지에 대해 말씀드릴 건데요. 먼저 저는 어릴 때 약사가 꿈이 아니었어요. 저는 발레리나가 되고 싶었어요. 하지만 중학생 때 발목 부상을 당하게 되면서 발레리나의 꿈을 접게 되었어요, 다른 친구들처럼 학업에 집중했죠. 저희 동네는 작은 마을이라 약국이 하나밖에 없었는데요. 저는 그 약국을 운영하시는 약사님이랑 친했어요. 부모님 두 분 모두 맞벌이셔서 혼자 있을 때가 많았거든요. 그때 저한테는 언니였는데 지금 생각해 보니 언니보단 오히려 엄마처럼 저를 잘 챙겨주셨던 거 같아요. 하루는 제 동생이 아팠는데 열도 많이 나고 많이 힘들어했어요. 근데 그날따라 아빠, 엄마 두 분 다 회사에서 바빠서 전화를 해도 못 받으셨죠. 저는 동생이 잘못될까 무서운 마음에 언니한테 전화를 했어요. 다행히 언니가 바로 달려와서 동생의 상태를 보고는 약국으로 가서 약을 처방해서 동생에게 주었어요. 동생은 다음날 조금 괜찮아졌어요. 언니는 심각한 병은 아니었지만 동생이 지쳐서 실신할 수도 있다고 위험할 뻔했다고 말해 주었어요. 저는 그때부터 약사가 정말 멋진 사람이구나 생각했어요. 그래서 나도 언니처럼 되기로 마음을 먹었어요. 그러다 보니 제가 어느새 언니처럼 멋진 사람이 되어 있더라고요. 제가 이 자리에 오기까지 도움을 주신 분은 언니뿐만이 아니었어요. 저희 부모님 그리고 동생이 응원해 주고 저희 팀원들도 정말 많이 노력했어요. 특히 팀원들이 없었더라면 오늘 이 자리에 제가 서지도 못했을 거예요. 제가 받는 이 영광을 팀원들에게 돌리고 싶네요. 오늘 이 자리에 오신 여러분들은 각자 오게 된 계기가 다를 거예요. 그 계기가 무엇이든 제 강연을 열심히 들어주셔서 고맙습니다."

"와~짝짝짝~"

사람들의 박수 소리가 들렸다. 나는 이 이야기가 내가 처한 상황과 비슷하다는 생각이 들었다. 강연이 끝난 후 김유미 연구원에게 나의 이야기를 들려드리고 나의 고마운 마음을 전했다. 집으로 돌아온 나는 곰곰이 생각해 보았다. 나도 멋진 사람이 되고 싶었다.

4. 두려움이 다가오다

멋진 사람이 되기 위해서 무엇부터 준비해야 할지 몰랐다. 그래서 선생님과 상담도 하고 책도 찾아보고 인터넷 검색도 해보았다. 여러 자료를 찾아보고 난 후 일단 공부가 우선이라는 생각이 들었다. 중학생 때는 그래도 열심히 한 만큼 성적이 나왔지만 고등학생이 된 후엔 생각보다 성적이 나오지 않았다. 항상 나름대로 열심히 했지만 만족스러운 결과는 아니었다. 이렇게 하다간 내 꿈을 못 이룰 수도 있겠다는 생각이 들었다. 마치 커다란 벽 하나가 내 앞을 가로 막은 것처럼 그 이상 나아가질 못했다. 그렇게 고민하던 중 어느 날 연지의 모습을 보게 되었다. 연지는 전교 1등이었다. '그러고 보면 연지는 매일 아침 수학문제부터 풀었지. 학교에도 제일 일찍 오고 정말 대단하다. 나는 못할 거 같은데……. 아니지. 나도 마음만 먹으면 할 수 있을 거야.'

다음날부터 나는 학교에 일찍 갔다. 하지만 연지가 먼저 나와 있었다. 나는 연지에게 인사를 하고 책을 폈다.

'대체 몇 시에 오는 거지?'

궁금했다. 열심히 공부를 해보려 노력했지만 이른 아침에 일어났더니 졸음이 쏟아져 결국 잠이 들었다. 일어나 보니 벌써 1교시가 시작되었다. 첫 번째 날은 실패했다. 두 번째 날은 하나도 문제를 못 푼건 아니었지만 그래도 얼마 풀지 못했다. 일주일쯤 지나자 적응이 되었다. 공부를 하는 사람이 옆에 있어 그런지 나도 더 집중하게 되었다. 그리고 모르는 문제도 서로 물어보게 되니 우리는 더욱 친해지게되었다. 평소 연지는 친절해서 친구들에게도 인기가 많지만 낯을 조금 가려서 나랑은 사이가 어색했다. 하지만 매일 아침 보다 보니 서로 익숙해졌고 친해졌다. 시험을 2주 남겨두고 우리는 여전히 매일 아침 함께 공부를 했다. 드디어 시험 날이 되었다. 전보다 별로 불안하지도 않았고 시험을 볼 때도 차분히 시험을 볼 수 있었다. 열심히 준비한 만큼 불안이 사라진 것 같았다. 놀랍게도 전교 10등 안에 들었고 2학년이 되어서는 연지와 전교 1, 2등을 앞 다투게 되었다. 나도 놀랐지만 내 주변 친구들과 부모님 선생님들은 더욱 놀란 모양이었다. 연지와 경쟁자가 되어도 우리는 여전히 친했다. 서로를 선의의 경쟁자라고 생각하게 된 것이다. 나는 3년 내내 나의 힘든 시기를 함께 보내준 연지가 고마웠다.

드디어 약대 합격 발표일이 되었다. 대학교 홈페이지에 들어가서 떨리는 마음으로 결과를 확인하였다. '합격'이라는 두 글자와 함께 합격을 축하한다는 인사말이 적혀 있었다. 나는 너무 신이 나 연지에게 전화를 걸었다. 다행히 연지도 원하는 대학에 합격했다고 했다. 요즘도 연지와 자주는 아니지만 가끔 연락을 하고 지낸다. 학교가 다르다 보니 자주 만나기가 쉽지는 않지만. 자신이 원하는 대학을 간 연지는 행복해 보였다. 나도 행복했다.

5. 이겨낸 후

"휴……."

첫 강의를 들어가기 전 문 앞에 섰다. 첫날이라 긴장이 되었다. 그때였다.

"안 들어가고 뭐해?"

누군가가 말을 걸었다.

"어, 이제 들어가려고."

문을 열고 들어가니 학생들이 꽤 있었다. 교수님이 들어오셔서 출석을 부르셨다.

"이지연."

"네."

아까 문 앞에서 만났던 친구였다. 강의가 끝나고 지연이에게 다가가 먼저 인사를 했다.

"혹시 지금 점심 먹으러 갈 거면 같이 갈래?"

"응. 그러자."

지연이가 말했다. 점심을 먹으면서 우리는 서로 어떻게 약대를 오게 되었는지 이야기를 나누었다.

"나는 중 3때 강연을 보러 갔거든 근데……."

지연이가 말했다.

"혹시 김유미 연구원이 했던 강연 말하는 거야?"

"맞아! 사실 나는 가위 바위 보에서 져서 어쩔 수 없이 가게 되었는데 강연을 듣다 보니까 내가 저 사람처럼 되고 싶다는 생각이 들었어."

지연이가 말했다. 나는 나 역시 그 강연을 들었으며, 처음엔 약사가 되고 싶어서가 아니라 그 연구원이 개발한 약으로 엄마가 치료받게 되셔서 감사한 마음을 전달하기 위해 강연을 신청했는데, 강연을 듣다 보니까 내 이야기랑 비슷해서 그때부터 약사가 되기로 결심을 했다고 말했고 지연이는 정말 다행이라며 나를 다독여주었다.

대학에 와서 가장 신기했던 것은 내가 시간표를 직접 짠 다는 것이었다. 물론 그러는 것이 힘들기도 했지만 그래도 내가 원하는 것을 어느 정도 골라 들을 수 있다는 것이 좋았다. 약대는 6년제라서 길다고 느껴지기도 했지만, 그만큼 배울 것이 많기도 하였다. 힘들지 않다고 하면 거짓말이겠지만 그래도 내가 약사가 되기 위해서는 꼭 필요한 과정들이었다. 첫 중간고사를 마친 날, 대학에 와서 친해진 지우, 지연, 진이와 벤치에 앉아 졸업하면 무엇을 할 것인지 이야기를 나누었다.

"나는 약국에 취업하려고"

지우가 말했다.

"나는 제약회사에 취업할 건데"

지연이가 말했다.

"음, 나는 잘 모르겠어."

어릴 땐 약사라고 하면 약국에서 일하는 것밖에 몰랐는데 대학에 와서 약사가 되면 약국에서도 일할 수 있고 병원에서도 일할 수 있고 제약회사, 연구소 등 다양한 분야에서도 일할 수 있다는 것을 알게 되었다.

길고 길었던 약대 생활을 마치고 드디어 취업 준비를 시작했다. 나는 먼저 제약회사에 입사한 지연이의 조언을 듣기 위해 집 근처 카페로 갔다. 지연이는 나를 반갑게 맞이해 주었다. 지연이는 나에게 힘든 점을 토로했고 그래도 보람이 있다고 말하였다. 그리고 내가 자신감을 가질 수 있도록 격려와 응원의 말을 해주었다.

나는 김유미 연구원을 보며 약사를 꿈꿨기에 평소 가고 싶었던 제약회사에 지원을 하였다. 면접을 앞두고 예상 질문을 적어 스스로 답해 보고 또박또박 말하는 연습을 하며 준비를 했다. 드디어 면접 전날이 되었다. 나는 여태까지 준비해 왔던 연습을 복습하며 되새겼다. 첫 면접이라 그런지 긴장돼서 잠이 오질 않아서 겨우 마음을 추스르고 잠이 들었다.

다음날, 맞춰 놓은 알람소리에 일어나 세수를 하였다. 세수를 하니 다시 정신이 돌아와 어젯밤의 긴장이 되살아나는 것 같았다. 면접 때 입으려고 산 정장을 챙겨 입고 집을 나섰다. 거리에는 차가운 바람이 맴돌았다. 문득 어릴 적 시골 외할머니 집에서 엄마가 계신 병원으로 가던 길의 그 선선한 바람이 떠올랐다.

'그때는 늦가을의 선선한 바람이 겨울의 차가운 바람처럼 춥게만 느껴졌는데…… 그리고 그때만 해도 하고 싶은 것도 없고 매일 우린이랑 엄마를 찾아가는 길이 무기력했는데…….'

나는 생각했다.

'그래도 이제는 내가 하고 싶은 일도 있고 엄마도 건강하시고, 이렇게 될 줄 누가 알았겠어.'

이렇게 생각하고 나니 긴장이 조금은 풀리는 듯했다. 그러면서 처음 김유미 연구원의 강연을 보러 갔을 때, 엄마가 퇴원을 하신 날, 연지를 만나 고등학교 3년을 보낸 일, 약대에 처음 입학하던 날, 지연이와 졸업을 축하하던 날들이 떠올랐다. 이런 일들이 없었다면 지금의 나도 없었을 거라는 생각이 들었다.

6. 이제 나는

한 달 뒤 , 나는 지원했던 다른 회사에 면접을 보러 갔다. 어김없이 버스를 타려고 집을 나섰다. 우연히도 딱 한 자리가 남아 있었다. 그때처럼 말이다. 10분을 달린 버스에서 내린 뒤 엘리베이터를 기다렸다. 10층을 누르고 주위를 둘러보니 나처럼 면접을 보러 온 사람, 이미 여기에 다니는 직원 등으로 엘리베이터 안이 꽉 차 있었다. 엘리베이터에서 내린 후 복도를 따라 면접실로 걸어갔다. 면접실 앞에는 대기하는 사람들이 무척 많이 있었다.

"후……."

의자에 앉은 뒤 긴장을 풀기 위해 깊게 심호흡을 했다.

"면접번호 7, 8, 9번 들어가세요."

내 번호가 불렸다. 앞선 두 사람을 따라 들어가 맨 끝 자리에 앉았다.

"우리 회사에 지원하게 된 계기는 무엇인가요?"

면접관이 질문했다. 첫 번째 사람에 이어서 두 번째 사람의 대답이 끝나고, 마지막으로 나에게 질문을 하였다.

"우리가 지우림씨를 뽑아야 하는 이유가 무엇입니까?"

면접관이 질문하였다.

"네, 저는 처음에는……"

그 뒤로 몇 가지 질문을 더 한 뒤 우리 세 명은 문을 열고 면접실을 나왔다. 밖으로 나와 걷다 보니 공기 중에 하얀 무언가가 흩날렸다. 나는 고개를 들어 하늘을 바라보았다.

함박눈이 펑펑 내리고 있었다. 아이들은 첫눈이라며 밖으로 나와 눈싸움을 하며 눈사람을 만들었고, 가게는 야외테라스에 천막을 쳤다. 거리를 지나다니던 어른들은 우산을 펴고 도로 위에 차들은 조심스럽게 운전을 하였다. 나는 우산을 펴지 않았다. 우산도 없었거니와 있어도 펴고 싶지 않았다. 차갑지만 포근한 눈이 내 손바닥 위에 떨어졌다. 눈은 떨어지는 동시에 내 손바닥에서 녹아들었다. 함박눈이 내리는 모습은 정말 아름다웠다. 온 세상이 희게 변했다. 나무들도 하얀 옷으로 갈아입었다. 나는 뽀드득 뽀드득 거리는 소리와 함께 집으로 걸어갔다. 나는 엄마에게 전화를 걸었다.

"엄마 산책 갈래요? 밖에 눈 오는데."

엄마는 나와 동네를 산책했다. 나는 엄마의 뒷모습을 보았다. 중3 겨울방학 엄마가 병원에서 퇴원해 집으로 돌아가는 뒷모습이 생각났다. 비슷하긴 하지만 많은 것이 변해 있었다. 엄마는 건강이 좋아지셨고 나는 내가 바라던 꿈을 어느 정도 이뤘고, 엄마는 나이를 더 먹었고 나는 더 성장했다.

사흘 뒤, 면접을 봤던 회사에서 연락이 왔다. 합격했다는 소식과 함께 다음 달부터 출근하라는 소식이었다. 나는 집에 있던 엄마와 잘됐다며 기뻐했다. 그리고 나는 이 소식을 지연이에게 알렸다.

"나 합격했어!"

"거 봐. 내가 넌 잘 될 거라고 했잖아. 그럼 이제 우리 축하파티 해야겠네?"

지연이가 말했다.

"그래 우리 지우랑 진이도 불러서 축하파티 하자!"

친구들과 같이 모여서 저녁을 먹으며 진심어린 축하를 받았다. 집으로 돌아가는 길, 반짝이는 별들이 하늘에 수놓아져 있었다. 그 별들은 마치 나를 닮았었다. 그 작은 별들 하나하나가 모여 하나의 작품처럼 빛이 났다. 과거의 나의 노력 하나하나가 모여 지금의 내가 된 것처럼.

7. 바람

첫 출근 날, 추적추적 진눈깨비가 내렸다. 내가 어릴 적부터 꿈꿔왔던 첫 출근길의 벚꽃과 따스한 햇살과 포근한 바람과 같은 환상은 와장창 깨져버렸다. 그대신 차갑고 매서운 바람과 그칠 줄을 모르는 진눈깨비가 추적추적 내렸다. 횡단보도의 신호가 바뀌기를 기다리고 있으니 반대편의 우산을 든 사람들이 보였다. '저 사람들 눈에는 나도 저렇게 보이겠지' 하고 생각했다. 횡단보도의 신호가 바뀌고 길을 건너자 마침 버스가 와서 시간이 딱 맞게 버스를 탔다. 월요일 아침의 출근길은 정말 전쟁의 연속이었다. 도로는 빈 공간이 없이 차들로 꽉 차 있었지만 이를 고려해 일찍 나와 아직은 여유가 있었다. 마의 구간을 지난 후 버스는 원활하게 도로 위를 달렸다. 버스에서 내려 면접을 보러 갔던 회사 앞에 섰다. 저번에 왔을 때와는 또 다른 기분이었다. 면접을 보러 왔을 땐 긴장되고 떨렸다면 이번에는 설레고도 긴장되었다. 우선은 5층 사무실로 갔다. 그곳에 가니 직원분이 나를 맞이해 주셨다. 나는 나의 첫 사원증을 받고 내 자리를 안내받았다. 팀원들과 간단하게 인사를 나눈 뒤 첫 업무를 시작했다. 점심시간이 되자 팀원들과 이런저런 이야기를 나눴다.

"우림씨는 어떻게 약사가 될 생각을 했어요?"

팀원 중 한 명이 물었다.

"아 네, 저는 어릴 때…"

대답을 하려는 찰나, 뒤에서 인사를 주고받는 소리가 들렸다.

"안녕하세요."

우리 팀원 중 한 명도 그 사람에게 인사를 했다. 나도 뒤를 돌아보았다. 그 사람은 바로 김유미 연구원이었다.

'이 회사에 있으실 줄은 몰랐는데……'

몇 년 만에 보는 반가운 얼굴에 나는 절로 미소가 지어졌다. 나도 인사를 건넸다.

"안녕하세요."

"네, 저도요. 그런데 처음 보는 얼굴인데……."

김유미 연구원이 말했다.

"네, 이번에 새로 입사했어요. 오늘이 첫 출근이거든요."

팀원 중 한 명이 말했다.

"어머 그래요? 그런데 얼굴이 눈에 익은 거 같기도 한데……."

김유미 연구원이 말했다.

"네. 12년 전에 하셨던 강연에 갔었어요. 오래전 일인데 혹시 기억나시나요?"

내가 기쁜 목소리로 대답했다.

"그럼 두 분은 예전에 만나신 거네요. 근데 강연에 그때 온 사람이 많았는데 어떻게 기억하고 계세요?"

팀원 중 한 명이 물었다.

"그게, 제가 김유미 연구원님 덕분에 약사가 되었거든요."

내가 대답했다.

"네? 진짜요?"

팀원들이 토끼눈을 하고 나를 바라보았다.

"사실……."

나는 그때의 일화를 하나도 빠짐없이 팀원들에게 이야기해 주었다.

"우림씨는 오늘이 정말 특별한 첫 출근이겠네요."

팀원들이 말했다. 그후 나는 김유미 연구원과 많은 이야기를 나누었다. 그리고 '모든 바람이 내 맘대로 되진 않는다. 하지만 나는 내 바람을 이루었다.'라고 생각했다.

8. 에필로그

"자, 여기까지가 제가 약사가 된 계기와 과정이었습니다. 혹시 궁금하신 점 있으신가요?"

내가 청중들에게 물었다.

"네. 질문 있습니다. 그럼 첫 면접 때 질문에 뭐라고 답했어야 하는 건가요?"

청중이 질문했다.

"음, 글쎄요. 그건 사람마다 다 다를 거 같아요. 모두 같은 이유로 약사를 꿈꾸는 건 아니잖아요. 약사뿐만 아니라 어떠한 직업군이든 그 물음에 돌아오는 대답은 다를 수 있죠. 사실은 저도 여전히 답을 찾아가고 있어요. 제 생각엔 어떤 사람인지 묻는 건 어떤 사람이 되고 싶은 지를 묻는 것과 같은 것 같아요. 왜냐하면 보통 사람들은 자기가 되고 싶은 사람을 자기라고 설명하니까요. 그리고 저 역시 제가 바라는 그 어떤 사람이 되기 위해 아직도 저를 만들어가고 있고요."

내가 대답했다.

"또 질문 있으신가요?"

"네 그럼 혹시 지연이라는 친구 분도 김유미 연구원을 만났다는 소식을 아세요?"

청중이 물었다.

"네. 알고말고요. 며칠 전에는 같이 식사도 했어요."

내가 대답했다.

"또 질문 있으신가요?"

"……."

"없는 거 같네요. 지금까지 들어주셔서 고맙습니다. 오늘 이 자리에 오신 모든 분들 자신만의 꿈을 꼭 이루시기를 제가 응원하겠습니다. 고맙습니다."

"와~짝짝짝~"

박수소리가 큰 무대를 채웠다. 그때 한 아이가 다가왔다.

"저도 꼭 멋진 사람이 될 거예요. 그리고 저희 아빠 낫게 해주셔서 고맙습니다."

그 아이가 말했다.

"아빠께서 나으셨다니 다행이다. 나도 꼭 응원할게."

내가 말했다. 아이는 웃으며 같이 온 부모님의 품으로 돌아갔다. 나는 강연이 끝난 텅 빈 무대를 자라보았다. 어두운 무대였지만 그 한가운데 무언가 빛나고 있는 것 같았다. 그 아이가 남기고 간 별. 나는 나중에 그 아이를 다시 만나게 되면 그 별을 돌려주고 싶었다. 오늘 집으로 돌아간 아이는 꼭 다시 오늘 이곳에 두고 간 별을 찾으러 올 거라고 나는 생각했다. 비록 몇 년이 걸리더라도 말이다. 그리고 나는 그때가 오면 김유미 연구원처럼 그 아이를 꼭 알아볼 거라고 결심했다.

유럽으로 떠나다

김민우(3학년)

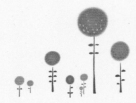

  안녕하세요. 동도중학교에 다니고 있는 3학년 김민우입니다. 어릴 때 유럽 여행을 간 적이 있었는데 그 당시 여행이 저에게 좋은 추억으로 남아 있어서 그 추억을 수필로 각색하여 남기고 싶었고, 또 이 책을 읽는 독자들 역시 유럽에 대해서 조금 더 알았으면 하는 마음에 이 글을 쓰게 되었습니다. 제가 이 학교에서 쓰게 되는 마지막 책인지라 더 애착을 가질 수 있게 되었고, 이 글 역시 더욱 의미가 생기는 것 같았습니다. 글을 쓰는 과정에서 어려움도 있었지만, 글을 다 쓰고 나니 제가 이 일을 해냈다는 것이 보람된 일이라 생각하고, 제 자신 역시 뿌듯합니다.

20XX. 05. 13
날씨 : 맑음
제목 : 들뜬 마음

　나는 언제나 여행을 가고 싶었다. 정확하게 말하면 해외여행을 가고 싶었다. 지금껏 수도 없이 국내여행을 다녀왔지만, 사실 해외여행을 가본 적은 많지 않았다. 특히나 유럽 대륙으로 여행을 가본 적은 거의 없었기에 그러한 곳으로 떠나는 것은 나의 오랜 꿈이기도 했다.
　유럽행 비행기 티켓을 결제한 것은 그래서이다. 솔직히 홧김에 저지른 선택이기도 했지만, 지금이 아니고서야 언제 한번 유럽을 여행해 보겠냐는 생각에 사 버린 비행기 표였다. 하지만 막상 저지르고 나니 앞길이 막막한 것은 사실이었다. 일단 나는 충동적으로 여행을 떠나는 스타일이 아니고, 어디까지나 계획에 맞춰서 코스여행을 가는 것을 좋아했기 때문이다. 하지만 그렇다고 사 버린 표를 환불할 생각도 없었다. 계획이야 지금부터 짜면 되는 것이니까.

여행을 가기 전 가장 중요한 것은 '어디를 갈까', 즉 여행 코스이다. 다행히 여행 코스는 인터넷을 조금만 뒤져보니 쉽게 찾을 수 있었다. 우리가 잘 아는 파리를 시작으로 조금 생소한 도시 이름까지. 인터넷의 힘으로 여행 코스 정도는 가뿐히 세울 수 있었다.

여행 코스가 세워지자 그 다음 계획은 모두 순탄했다. 세세한 계획까지는 잡을 시간이 없어 미루기로 하고, 여행 전 필수품이나 그 나라의 주의사항 등을 꼼꼼히 찾아봤다. 여행을 가기 전 많은 사람들이 놓치는 부분이기도 한데, 로마에서는 로마의 법을 따르라는 말이 있듯이 여행을 갈 때에도 그 나라 고유의 법이나 문화를 따라야 한다. 나 역시 수많은 블로그, 그리고 지인들을 통해 유럽으로 갈 때의 주의사항을 알아봤다.

사전조사를 하고 여행 가방까지 전부 챙긴 후, 설레는 마음을 조금 억누르며 내일 있을 여행을 기대했다. 나에게 있어서는 처음 혼자서 가 보는 해외여행이자, 처음으로 가 보는 유럽여행이고, 처음으로 자세한 계획 없이 가 보는 여행이다. 내일부터 무슨 일이 일어나든, 무엇도 추억이 될 수 있을 거라는 생각을 하며, 나는 잠자리를 준비했다.

20XX. 05. 14
날씨 : 너무 쨍쨍함.
제목 : 유럽으로 떠나다

아침부터 그렇게 순탄한 여행길은 아니었다. 일단 알람을 못 듣고 그대로 늦잠을 자버릴 뻔해서 나의 멋진 여행 계획이 한순간에 물거품이 될 뻔했다. 물론 그렇게 늦지는 않은 터라 곧바로 일어나 짐을 챙기고 바로 공항으로 직진했다.

나는 지금껏 해외여행을 몇 번 가 보지 못해서 비행기를 탄 기억이 많이 없다. 그래서 그런지 나에게 비행기를 타는 게 아직은 조금 낯설기도 하고 새롭기도 하다. 지정된 좌석에 앉은 뒤 승무원의 안전 안내를 들으면서 바깥을 바라봤다. 순식간에 저만치 멀어진 땅의 모습이 멋졌다. 우리나라에서 파리까지 가는 데에는 최소 12시간이 걸리기 때문에 비행기에서 기내식을 먹고 영화를 보면서 거의 반나절을 보냈다.

비행기가 도착했을 때 파리는 밤 6시쯤이었다. 사실 이것을 노리고 출발 시간을 잡았는데, 파리의 야경이 정말 예쁘다는 정보를 얻었기 때문이다. 밤이 되면 켜지는 수많은 불빛들과 밤에만 볼 수 있는 특별한 야경은 유럽 여행에서 절대 놓치지 말아야 할 것들 중 하나였다. 공항에서 벗어난 뒤 내가 곧장 향한 곳은 당연 에펠탑이었다.

파리 하면 떠오르는 가장 유명한 건축물은 에펠탑이 아닐 수 없다. 지금껏 사진으로만 봐 왔던 에펠탑의 모습은 먼저 정말 거대하고, 또 아름다웠다. 밤에 켜놓은 수많은 불빛이 에펠탑을 감싸고 있었고, 하나하나의 불빛이 모여 거대한 탑을 이룬 것 같았다. 다행히 이번 여행은 휴가철이 아닌지라 사람들이 그렇게 많지는 않았기에 그 앞에서 원 없이 사진을 찍었다.

야경이 아름다운 샹젤리제 거리

에펠탑을 보고 난 후 난 파리의 야경을 모두 나의 휴대폰에 담았다. 일반적인 거리들도 밤이 되니 정말 예뻤고 궁전이나 성당, 박물관 등도 밤이 되니 그 우아한 분위기가 한층 멋들어진 것 같았다. 대부분의 건축물은 낮에 입장 가능하기 때문에 오늘 모든 걸 보지 못한다는 아쉬움이 들기도 했다.

야경을 모두 담은 후 샹젤리제 거리로 향했다. 모든 음악책에 나오는 노래인 '오 샹젤리제'의 모델이 되었던 이 거리는 노래 속에서 아주 아름답고, 또 사랑을 싹 틔울 수 있는 장소로 나온다. 나 역시 많은 기대를 품고 그 거리로 갔는데 샹젤리제 거리는 노래처럼 정말 아름다웠다. 찬란한 불빛들이 거리를 감싸고 있었고, 위에서 본 거리의 모습은 마치 영화 속의 한 장면 같았다. 너무 아름다워서 설명할 수 없는 감정이 벅차오르는 것 같기도 했다. 샹젤리제 거리는 밤에도 사람과 차들로 가득했고 마치 영원히 활기로 가득 차 있을 것만 같았다.

일단 출출한 배를 채우기 위해 식당에 들어갔다. 파리에서 먹어봐야 할 대표적은 음식은 에스카르고, 수플레 등인데 나는 에스카르고로 유명하다는 소문이 나 있는 식당을 방문했다. 에스카르고는 달팽이 요리로 솔직히 먹기 전에는 조금 걱정을 했다. 하지만 정작 음식이 나오니 나의 생각은 완전히 달라졌다. 달팽이 요리라기에는 믿을 수 없을 정도로 고급스러워 보이기도 했고 엄청나게 고소한 냄새와 맛이 놀라웠다. 달팽이라는 것을 모르고 먹었다면 그냥 홍합을 요리한 것이라고 생각될 정도로 전혀 거부감이 없었다.

밥을 먹고 난 뒤엔 근처 빵집에 가서 빵을 양손에 쥐기 버거울 만큼 샀다. 내일 아침을 위한 것이기도 했지만 파리는 관광명소 만큼이나 빵으로 매우 유명한 곳이기에 그곳의 빵을 전부 먹어보겠다는 의지를 가지고 샀다. 그중에서 개인적으로 몽블랑이 가장 맛있었는데, 파리에서 파는 몽블랑이 그렇게 유명하다기에 옛날부터 꼭 한번은 먹어보고 싶은 빵이었는데 정말 맛있었다. 다른 빵들도 우리가 한국에서 먹는 빵보다 더 고소하고 종류도 많아 좋았다.

그렇게 빵을 한아름 들고 예약한 호텔로 향했다. 첫날밤은 파리에서 보내는 것으로 계획했기 때문에 미리 호텔을 예약해 두었다. 호텔 안은 생각보다 깔끔했고 편안했다. 창밖으로 보이는 야경이 다시 한번 내가 유럽에 왔다는 것을 느끼게 해주었다. 침대에 누워서 내일 갈 장소를 찾아보고 확인한 뒤 잠에 들 준비를 했다.

20XX. 05. 15
날씨 : 직사광선이 너무 강함.
제목 : 파리의 아침

　아침에 일어나서 짐을 챙긴 뒤 어제 샀던 빵을 먹었다. 이왕이면 호텔 조식도 먹어보고 싶었지만 아쉽게도 시간이 부족하였다. 조식은 다른 곳에 시도해 보기로 하고 짐을 챙겨 호텔을 나섰다. 밖으로 나오니 어제의 풍경과는 사뭇 다른 도시인 듯했다. 불빛들은 대부분 사라졌지만 사람들의 활기는 여전했고, 버스와 차들의 경적소리가 여기가 대도시라는 것을 다시 한번 실감하게 해주었다. 오늘부터는 갈 곳이 많았기에 나 역시 발걸음을 서둘렀다.

　파리에서는 에펠탑이 가장 유명하지만 다른 유명한 건축물 역시 존재한다. 내가 아침에 제일 먼저 간 곳은 베르사유였다. 베르사유 궁전은 내가 꼭 한번 가 보고 싶었던 궁전인데 안의 광경은 정말 내가 상상한 것 이상이었다. 궁전이라는 명칭에 걸맞게 아주 거대한 홀과 기둥들, 그리고 곳곳의 장식물들이 나의 이목을 사로잡았다. 궁전의 외관은 한 폭의 그림같이 아름다웠고 안은 화려함 그 자체였다. 아마 화려함으로는 이 궁전을 따라올 것이 그 무엇도 없을 것 같았다. 천장에는 그림이 거대하게 그려져 있었는데 미켈란젤로의 천지창조에 비할 만한 수준의 그림이었다.

　궁전은 일부만 외부인의 출입을 받아서 아쉬운 마음을 뒤로 하고 발길을 돌려 루브르 박물관으로 향했다. 루브르 박물관은 영국의 대영 박물관, 바티칸시티의 바티칸 박물관과 함께 세계 3대 박물관으

로 꼽힌다. 이 박물관에는 우리가 미술책에서만 보았던 명작이란 명작은 다 전시되어 있고, 그렇기에 모두가 한번은 꼭 와보는 박물관이기도 하다. 여기에서 내가 가장 인상 깊었던 것은 두 가지였는데, 먼저 박물관이라기에는 믿기지 않을 정도의 크기였다. 내가 앞서 보았던 베르사유에 준할 만한 크기를 가진 루브르 박물관은 세계 3

대 박물관이라고 불릴 만한 규모였다. 두 번째로 인상 깊었던 것은 바로 모나리자였다. 루브르 박물관에서 가장 유명한 작품을 꼽으라 하면 열에 아홉은 모나리자를 말할 정도로 위상이 대단한 모나리자는 실제로 봤을 때에는 내가 예상하던 것보다는 작았다. 물론 멀리 있던 것도 한몫했겠지만, 그래도 조금 아쉬웠던 것 같다. 하지만 역시나 원본은 원본인지, 그림이 품고 있는 아우라는 말로 형용할 수 없을 정도로 신비로웠고, 원본을 마주했다는 감회가 내게는 더할 나위 없는 인상을 주었다.

물론 루브르 박물관을 전부 다 둘러보지는 못했지만 내가 알던 대표작들은 다 볼 수 있어서 기분은 좋았다. 마음 같았으면 파리에 며칠이라도 박혀서 곳곳을 다 둘러봤겠지만, 아쉽게도 이번 여행은 계획이 빡빡해서 여유를 부릴 시간이 없었기 때문에 이제 파리를 떠날 수밖에 없었다.

20XX. 05. 16
날씨 : 조금 시원함
제목 : 프라하

　나의 다음 행선지는 프라하였다. 나는 프라하를 '프라하의 여인'에
서밖에 들어본 기억이 없는데, 다들 정말 예쁜 도시라고 해서 가 보
기로 결심했다. 프라하는 체코의 도시 중 하나로, 체코 최대의 경제,
정치, 문화의 중심도시이다. 프라하의 가장 큰 지리적 특징 중 하나
는 강인데, 도시 전체를 가로지르는 강도 있는가 하면 조그맣게 흐
르는 강들도 정말 많다. 이러한 특징 때문에 프라하를 처음 보았을
땐 여기가 물의 도시 베네치아인 줄 알았다.

　프라하에서 가장 먼저 가 본 곳은 카렐교라는 다리였다. 카렐교는
블타바 강 옆 우뚝 세워진 프라하 성을 연결해 주는 다리로서, 체코
에서 가장 오래된 다리라고 한다. 다리의 외관은 일반적인 다리처럼
보였지만 그 오랜 역사를 다리가 품고 있는 것처럼 신비로운 분위기
를 자아냈다. 또 우리나라에서 흔히 볼 수 있는 다리와는 다르게 카

렐교는 다리 사이사이를
매우 고급스러운 곡선으
로 연결하여 아름다움을
한층 더 느끼게 해주었다.
　카렐교를 건너서 가본
곳은 성 비트 성당이었다.
유럽은 중세시대 때 특히

나 종교의 영향을 많이 받아서인지 곳곳에 성당과 같은 종교계 건축물이 많았는데, 이 성 비트 성당도 그중 하나였다. 1000년의 세월을 간직한 이 성 비트 성당은 1000년 전에 지었다고 하기에는 믿기지 않을 정도로 세련되고 우아한 장식품, 디자인으로 가득했다. 최소 5층은 될 것만 같이 우뚝 솟은 천장과 그 앞에 보인 스테인글라스로 된 유리창은 성당의 엄청난 역사와 그 당시 사람들의 디자인 센스를 보여주었다.

성당을 둘러본 뒤 밥을 먹으러 주변 음식점에 들어갔다. 늦은 점심임이 분명했지만, 그래도 여기서 꼭 먹어보고 싶은 음식이 있었기 때문에 꾹 참고 기다렸다. 내가 주문한 음식은 꼴레뇨와 굴라쉬라는 것이었는데, 꼴레뇨는 체코의 전통음식으로 닭을 꼬챙이에 꽂아서 구운 요리이다. 우리가 흔히 아는 훈제 닭고기 같은 느낌의 음식인데, 맛은 족발이 조금 더 고급스러워진 맛이라고 생각하면 된다. 굴라쉬는 고기와 야채로 만든 스튜로 그 위에 빵을 얹어준 음식이었다. 굴라쉬는 조금 짰지만 그래도 굴라쉬와 깔리뇨의 조합은 정말 잊을 수 없을 정도로 맛있었다. 프라하는 맥주로도 유명한데 맥주는 먹어볼 수 없어서 아쉽기도 했다.

음식을 맛있게 먹고 나니 벌써 해가 지기 시작했다. 노을이 보이고 거리가 점차 어두워지자 나는 서둘러 구시가 광장으로 향했다. 구시가 광장은 프라하에서 가장 유명한 광장으로 일찍부터 상공업이 발달해 교역을 기반으로 만들어진 광장이라고 한다. 구시가 광장은 매우 넓었는데 그 주변으로 얀 후스 동상, 틴 성모 교회, 골드 킨스키 궁전 등의 명소가 많아 여행을 올 때도 반드시 들러야 할 장소이기도 하다. 나는 밤에 이곳에 온 지라 이러한 곳을 전부 둘러보지 못해서 아쉬웠지만 밤에만 볼 수 있는 것들을 볼 수 있었다.

길을 걸으며 곳곳에 보이는 역사의 흔적은 고딕부터 르네상스, 바로크에 이르기까지 그동안 이 광장이 거쳤던 모습을 한 번에 볼 수 있게 해주었다. 또한 밤이 되니 곳곳의 첨탑과 성당을 휘감은 불빛이 파리만큼이나 멋진 야경을 자아냈다. 역시 야경이 유명한 도시인 만큼 광장의 야경은 정말 멋졌다. 사람들이 활력 넘치는 소리와 함께 곳곳에서 들리는 노랫소리, 그리고 그 모든 것을 담고 있는 불빛은 잊을 수 없을 것 같았다.

일단 밤이기에 숙소를 찾아야 해서, 나는 근처를 검색해서 가장 괜찮아 보이는 숙소로 향했다. 다행히 프라하는 워낙 유명한 도시라 숙소를 찾는 것은 어렵지 않았다. 숙소에 들어가 짐을 푼 후, 나는 숙소에서 제공하는 밥으로 저녁을 처리했다. 이왕이면 밖에 나가서 더 새로운 음식을 먹어보면 좋았겠지만, 하루를 너무 열심히 돌아다녔기에 힘이 남지 않았다. 방에서 씻고 나온 후 오늘 찍은 사진들을 정리하고 내일 있을 여행을 생각하며 잠자리를 준비했다.

20XX. 05. 18
날씨 : 바람이 시원하게 불어서 돌아다니기 좋다
제목 : 베니스의 상인

오늘은 유럽 중에서도 특히나 가 보고 싶었던 장소인 베니스를 가 보기로 했다. 프라하에서 벗어나 기차를 타고 베니스로 가니 그곳에서는 프라하와 비슷한 풍경이 펼쳐지고 있었다. 베니스도 물의 도시라는 명칭답게 강이 정말 많았는데 어제 보았던 프라하와 비슷한 풍경이었다. 하지만 프라하보다 더 강이 많았고 강 위에는 배가 계속 지나가는 것을 볼 수 있었다.

베니스, 혹은 베네치아라 불리는 이 장소는 118개의 섬이 400여 개의 다리로 연결된, 말 그대로 섬으로만 이루어져 있다고 볼 수 있다. 도착해서부터 보이는 다리의 풍경에 나는 감탄했다. 프라하에서도 이와 비슷한 다리를 본 적이 있었지만 베니스는 다리의 수부터 차원이 달랐고 모두가 다 각자의 개성을 가진 채 펼쳐져 있었다. 도시의 대부분이 물로 되어 있고 그 물 위로는 배가 지나가기 때문에 여기서는 배와 관련된 관광 사업이 매우 발달되어 있다고 한다.

가장 먼저 가 본 곳은 로마 광장이었다. 베네치아에 가면 무조건 가야 하는 이 곳은 사실 대부분의 기차역이 있기 때문에 어쩔 수 없이 들리게 되는 곳이기도 하다. 물론 나는 시간을 아낄 수 있었으니 더할 나위 없이 좋았다. 로마 광장은 솔직히 어제 보았던 프라하의 광장보다는 별로였지만 여기에는 아주 유명한 성당 중 하나인 성 마르코 대성당이 있기 때문에 꼭 한 번은 와 보고 싶은 곳이었다.

성 마르코 대성당은 2명의 상인이 이집트의 알렉산드리아에서 가져온 성 마르코 유골의 납골당으로 아무리 봐도 납골당이라기에는 스케일이 장난 아니게 크다. 출입구 앞에서 볼 수 있었던 이 성당의 외관은 정말 거대했고, 그럼에도 굉장히 정교했다. 문 하나하나마다 섬세하면서도 웅장한 그림이 있었고, 정문은 다른 문보다 더 많은 그림이 각양각색으로 펼쳐져 있었다. 문 안으로 들어가니 제일 먼저 볼 수 있었던 것은 거대한 기둥들이었다. 이 기둥은 성당의 종탑으로, 2차례나 무너져 다시 지은 건물이라고 한다. 원래는 나선형 계단이 있었으나 현재는 엘리베이터로 대체되었다고 하니, 나선형 계단을 볼 수 없어 조금 아쉽기도 했다.

성 마르코 대성당 옆에는 두칼레 궁전이 있는데, 두칼레 궁전은 거의 1500년 간의 역사를 가지고 있는 궁전으로 옛날에는 베네치아 총독의 공식적인 주거지였다고 한다. 총독이 살았던 곳인 만큼 두칼레 궁전은 정말 크고 화려했다. 이번 여행에서 너무 많은 궁전을 봤기 때문이었는지 감각이 조금 무뎌지기는 했지만 그럼에도 굉장히 멋지고 웅장한 건물임에는 틀림없었다. 성 마르코 성당과 함께 베네치아의 양대산맥이라 불리는 이유를 알 것만 같았다.

그 다음으로 가본 섬은 무라노 섬이었다. 무라노 섬은 유리공예의 섬이라고도 불리는데, 그 이유는 이름에서 알 수 있듯이 유리공예가 굉장히 발달되어 있기 때문이다. 그래서 섬 곳곳에 보이는 조형물들은 유리로 되어 있는 것이 많았고, 많은 상점에서는 유리 공예를 팔기도 했다. 곳곳을 돌아다니며 본 조형물 중 가장 인상 깊었던 것은 무라노의 성당 앞 거대한 시계탑이었는데, 처음에는 나무로 만들어진 탑인 줄 알았지만 자세히 보니 이것 역시 거대한 유리 공예라는 것을 알고 매우 충격을 받았다.

그 다음으로 체험해 본 것은 '바포레토'였다. 생소한 이름의 바포레토는 이탈리아 베네치아의 교통수단으로 수상 택시의 일종이다. 우리나라를 비롯한 대부분의 나라에 택시가 있다면, 베네치아는 물이 대부분을 이루고 있기 때문에 이 수상택시를 쓴다고 한다. 베네치아의 교통수단 답다는 생각이 들었다. 근처에 매표소가 있어서 재빨리 티켓을 구입하고 베네치아의 정류장에서 기다렸다.

베니스 수상정류장의 가장 큰 특징 중 하나는 정류장의 입구가 2개로 나뉘어 있었다는 것이었는데 하나는 모든 손님을 받는 입구, 그리고 하나는 베네치아 주민만 받는 입구였다. 이 도시는 시민에게 택시를 먼저 탈 수 있는 권한을 주다니 참 복지가 좋은 나라인 것 같다는 생각이 들기도 했다. 내가 탄 택시는 베네치아를 한 바퀴 전부 둘러볼 수 있는 노선을 가진 택시였는데, 그 택시 위에 앉아 흔들리는 강물과 길을 걷는 사람들을 보니 절로 마음이 편안해졌다. 비록 날이 너무 좋아 햇볕이 따갑기는 했지만, 그래도 그만한 힘듦을 감수하고 탈 만한 가치가 있는 배였다.

베네치아의 대부분의 섬을 돌아본 후 살루테 섬에 도착했을 때 택시에서 내렸다. 물론 남은 정거장이 몇 군데 더 있었지만 나는 이 섬에 있는 샬루테 성당을 보러 왔기에 그냥 이곳에 내리기로 결심했다.

샬루테 성당으로 향하는 길에 길거리에서 파는 프리토인을 보았다. 프리토인은 베네치아의 대표적인 간식거리로, 오징어 튀김이라고 생각하면 된다. 겉보기에는 오징어 튀김을 프레첼 모양으로 말아놓은 것 같은 모양새였다. 맛은 그냥 우리나라의 오징어 튀김과 흡사했다. 물론 가격은 정말 비쌌기 때문에 지인에게 추천할 만한 음식은 아니었지만 그래도 한번쯤은 시도해 볼 음식이긴 했다.

프리토인을 뒤로 하고 살루테 성당으로 향했다. 살루테 성당은 지금까지 봐왔던 궁전이나 대성당들만큼 화려하거나 웅장하지는 않았다. 하지만 굉장히 깔끔하고 모던한 모습이 마치 동화 속에 나올 법한 건물이었다. 특히 성당으로 가는 거리에 핀 꽃들이 정말 예뻤는데 사진으로 찍으니 그 아름다움이 한층 부각되는 기분이었다. 성당 자체도 굉장히 소박했고, 그래서인지 더 예뻐 보이는 것 같았다.

성당의 안으로 들어가니 또 다른 풍경이 보였다. 바깥은 좀 더 소박한 느낌의 디자인이었다면 안의 모습은 엄청 웅장했다. 밖에서 봐왔던 건 모두 거짓말이라고 말하듯이 안의 모습은 이전의 궁전과도 같은 멋진 모습이었다. 특히나 안쪽의 기둥들은 정말 크고 화려해서 더욱 기억에 남았다.

살루테 성당을 뒤로 하고, 저무는 해를 바라보며 저녁을 먹으러 갔다. 저녁으로는 트라토리아 폰티니에 가기로 했다. 이곳은 베네치아에서 특이하게 맛집으로 소문난 곳 중 하나인데, 베네치아는 음식문화는 크게 발달되어 있지 않기 때문에 이런 맛집은 유독 드물었다.

식당으로 들어서자 벌써부터 인파에 밀리는 듯한 기분이 들었다. 입구에서부터 사람들이 바글바글해서 혹시나 자리가 없을까 걱정하기도 했지만 다행히 비어 있는 자리가 있었다. 자리에 앉아 메뉴판을 보니 확실히 다른 여행지들에 비해 물가가 굉장히 싸다는 느낌을 받았다. 일반적인 식당과 비슷한 수준의 가격대에 왜 이곳이 유명한

지 알 것 같기도 했다. 나는 크림 파스타와 스테이크를 시켰는데 꽤
나 부드러웠고 육즙이 많아서 좋았던 것 같다.

　저녁을 먹고 나니 하루가 거의 다 지나가고 있었다. 이미 숙소는
예약을 했기 때문에 재빨리 숙소로 향했다. 가는 길에 그롬이라는
곳을 갔는데 이곳은 젤라또로 아주 유명하다고 해서 들렀다. 그곳
에서 대표 메뉴인 초코맛 젤라또를 먹었는데, 층층이 올려 준 아이
스크림이 위태롭게 되어 있어서 떨어질까 조금 무섭기도 했지만 정
말 달고 맛있었다.

　20XX. 05. 19
　날씨 : 구름이 조금 있는 흐린 날
　제목 : 유럽의 얼굴, 로마

　오늘은 베네치아를 한 번 더 돌아본 후 밤이 되어서 야간 열차를 타
기로 했다. 원래대로면 호텔에서 하룻밤 더 묵은 뒤 아침에 출발했겠
지만 여행 경비가 예상보다 많이 나와서 조금 지출을 줄일 필요를 느
꼈기 때문이다. 그래서 찾아본 것 중에 가장 마음에 들었던 것이 야
간 열차였는데, 이름 그대로 야간에 운행되는 이 열차는 숙박시설임
과 동시에 이동수단이기 때문에 일석이조였다. 또한 이 열차에서의
하루가 꽤나 좋은 경험이 될 것 같다는 기대도 들었다.

　열차에서의 하룻밤은 굉장히 좋았다. 내가 멀미를 조금 하는 편이
라 걱정하기도 했는데 다행히 상비약을 먹으니 가라앉았고, 그동안

보이는 열차의 풍경이 정말 예뻤다. 가는 내내 평지밖에 안 보여서 별로였다 하는 말을 듣기도 했는데, 다행히 산이나 다른 풍경도 보여서 꽤 좋은 경험이었다. 아쉬운 점이라면 밤이라서 사진을 찍을 수 없었다는 점이다.

그렇게 밤이 지나가고 아침 10시가 되어서야 로마에 도착할 수 있었다. 열차에 내려서 내가 가장 먼저 향한 곳은 로마의 상징이기도 한 콜로세움이었다. 로마에서 가장 유명한 건축물이자 한 번쯤은 들어봤을 법한 이 건축물은 과거 검투사들의 대결과 호화로운 구경거리가 펼쳐졌던 원형 경기장이다. 현재는 일부가 부서진 상태이지만, 여전히 그 당시의 규모를 보여주고 있으며 남은 원형 경기장을 통해 그 당시의 활기를 느낄 수 있었다. 안까지 들어가 보고 싶었지만 입장을 할 수 없어 아쉬웠다.

밖에서 봤을 때 콜로세움은 대리석으로 되어 있었고 곳곳에 문이 수십 개 달려 있는 형태를 띠고 있었다. 각 기둥 역시 정교한 조각상이 세워진 것만 같은 형태였다. 이 콜로세움은 특히나 야경이 예쁘다고 들었기에 밤이 돼서 다시 그 곳을 가야겠다는 생각을 했다.

콜로세움 다음으로 간 곳은 판테온 신전이었다. 판테온 신전은 완벽한 형태로 남아 있는 고대의 유적으로 기원전 30년쯤 아우구스투스 황제가 지은 신들을 경배하기 위한 건축물이다. 책에서도 굉장히 많이 봤는데 실제로 보니 더욱 멋진 신전이었다. 판테온의 내부로 들어갔을 때 내가 가장 먼저 볼 수 있었던 것은 판테온의 탁월한 건축 수준이었다. 천장에 뚫린 구멍으로 들어오는 빛이 굉장히 예뻤는데, 시간의 흐름에 따라 비추는 각도가 변해서 신비하고 아름다웠다.

조금 더 걸어가니 '돌의 성모마리아'라는 이름의 아름다운 조각상이 있었다. 이 조각상은 라파엘로가 1520년 사망하고 난 뒤 만들어진 조각상이라고 한다. 중간 중간 부서진 모습이 있어서 가슴이 아프긴 했지만 그래도 굉장히 아름다운 조각상이었다.

판테온을 나와 거리를 걸어가다 보니 지올리티라는 카페가 보였다. 지올리티는 로마의 3대 젤라또 맛집으로 젤라또가 굉장히 맛있기로 유명한 곳이다. 나는 거기서 커피와 바닐라 맛을 시켰는데 예상대로 굉장히 맛있었다. 가격도 그렇게 비싼 편이 아니라 더욱 마음에 들었는데, 가게에 사람들이 굉장히 붐비던 것을 보니 정말 인기가 많은 곳임을 알 수 있었다.

젤라또를 들고 향한 곳은 베네치아 광장이었다. 분명 이곳은 로마인데 이름이 베네치아 광장이라 이상하다 생각했는데, 알고 보니 이곳에 베네치아 대사관이 있어서 베네치아 광장이라 부른다고 한다. 또한 베네치아에 있는 광장은 로마 대사관이 있어서 이름이 로마 광장이라고 한다. 베네치아 광장은 로마 광장보다 훨씬 크고 웅장했는데, 특히 베네치아 광장 건물이 정말 크고 웅장해서 멋졌다. 베네치아 광장 건물 옆에는 불이 피어오르고 있었는데, 옆에 경찰이 불을 지키고 있는 모습이 가장 기억에 남았다.

해가 지기 전에 마지막으로 간 곳은 팔라티노 언덕과 포로로마노였다. 사실 이 언덕이 콜로

세움 옆에 있어서 콜로세움을 가고 바로 올려고 했는데, 판테온 신전의 입장 시간이 생각보다 짧아서 어쩔 수 없는 선택이었다. 안으로 들어갔을 때 포로로마노는 거의 콜로세움 가까이 있어서 같이 볼 수 있었다. 이곳에서도 경기장으로도 쓰인 유적지가 굉장히 많았는데 볼거리가 많았다.

20XX. 05. 21
날씨 : 정말 화창한 날씨
제목 : 돌아오며

  며칠 동안 로마에 머물러서 남은 건축물을 모두 사진에 담은 다음 이제 정말 유럽과 이별할 때가 다가와서 공항으로 향했다. 택시를 타고 공항으로 가니 새삼 지금까지의 여정이 아쉽다는 생각이 들었다. 아직 못 가본 곳도 많아서 아쉬움이 많이 남았고 둘러본 곳도 다시 한번 가 보고 싶다는 생각이 많이 들었다. 쉽사리 떨어지지 않는 발걸음을 떼고 비행기에 올라타니 비행기 바깥으로 보이는 수많은 차들, 그리고 그 사이로 움직이는 사람들의 모습이 새삼 멋지게 느껴졌다. 앞으로 다시 올 기회가 몇 번이나 있을지는 모르겠지만, 적어도 이번 여행만큼은 나에게 있어서 잊을 수 없는 추억임을 확신하며 창밖으로 점차 멀어지는 유럽을 바라보았다.
  집에 도착해서, 짐을 풀고 몸을 씻은 뒤, 여행을 가는 동안 찍은 사진들을 다시 한번 살펴봤다. 야경이 멋지던 파리부터 시작해서 물 위의 건물이 굉장히 예뻤던 프라하와 베니스, 그리고 로마까지. 짧은 시간 동안의 여행이었지만 나름 알찬 여행 동선을 계획한 것 같아 내 자신이 뿌듯했다. 여행 당시에는 뜨거운 햇살, 긴 이동거리, 적응 안 되는 문화로 인해 조금 힘들고 불편했을지라도 이렇게 사진으로 남기고 나니 예쁜 추억으로 기억될 것 같다.

HOPE

이승혜(3학년)

．
．
．
．
．
．

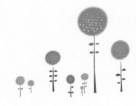

　안녕하세요? 저는 드라마를 보는 것을 좋아해서 드라마에 나올 법한 시간여행이라는 주제로 책을 써 보았습니다.

　제 꿈을 써 내려 가고 버킷리스트를 이뤄가는 과정을 한번쯤은 그려보고 싶었는데, 소설을 쓰면서 제 꿈을 하나하나씩 이루어가는 것 같아서 기분이 좋았습니다.

나의 버킷리스트

☐ 한복 입고 친구들이랑 놀러가기

☐ 운전면허증 따기

☐ 사촌언니들이랑 한강 가서 라면 끓여 먹기

☐ 울 가족끼리 노래방 가기

☐ 울 가족끼리 야구 보러 가기

☐ 새벽 6시에 친구랑 만나서 저녁 10시에 헤어지기

☐ 대구에서 이찬원 실물 영접하기

☐ 절친이랑 배낭여행 가기

☐ 하룻동안 휴대폰 없이 살아보기

☐ 보고 싶은 드라마 정주행하기

☐ 부모님 생신상 차려드리기

☐ 좋아하는 작가와 인터뷰하기

☐ 벚꽃축제 가기

☐ 친구들이랑 대구 치맥페스티벌 가 보기

☐ 아무생각 없이 노래를 들으면서 버스나 지하철 끝

　　까지 가 보기

☐ 마라톤 완주해 보기

☐ 번지점프, 스카이다이빙 해보기

☐ 책이 높게 쌓인 도서관에서 책 읽어보기

☐ 스위스 가서 패러글라이딩 해보기

☐ 요리 배우기

☐ 인도 타지마할 방문하기

☐ 다른 나라 언어 한 개 마스터하기

☐ 과거에 내 전생테스트 해보기

☐ 작가 만나보기

☐ 전쟁에 대해 자세히 알아보기

어렸을 때의 나는 '꿈'이라는 것을 내가 미래에 되고 싶은 직업 정도로만 생각했다. 하지만 커가면서 꿈은 실현하고 싶은 희망이나 이상이라는 뜻 역시 가지고 있다는 것을 알게 되었다. 그러고는 종이를 꺼내 내가 꼭 이루고자 하는 소망을 적어보기 시작했다. 처음에 써내려갈 때는 너무 많을 거라고 생각했는데 막상 종이에 적다 보니 너무 허접한 것들이 먼저 생각났다. 내일 일찍 일어나기… 이건 지금도 충분히 할 수 있는 일이라 한번 웃고… 크크… 다시 적기 시작했다. 버킷리스트를 쓰면서 시간별로 언제쯤 실천할 수 있을까 생각하다 보니 기분이 좋아졌다. 또 이러한 꿈들을 적는 것만으로도 웃음이 나온다는 현실도 재미있었다. 나는 이런 희망과 꿈을 가지고 글을 써 내려 가고 있는 내가 뿌듯하기도 하면서도 자랑스러웠다. 어른들은 꿈이 없는 아이들에게 꾸중을 하거나 한심하게 쳐다보는데, 나는 내가 이루고 싶은 꿈도 있고, 그밖에 이루고 싶은 사소한 일들까지 가지고 있으니 너무 좋았다.

버킷리스트를 써 내려 가면서 내가 바라는 것들을 다 이루었을 때의 나는 한 몇 살쯤 되어 있을지가 문득 궁금해졌다. 또 이것을 다 이루고 나면 또 다른 꿈이 없이 그저 익숙한 현실의 반복을 받아들이고 있을까도 궁금했다. 이런 버킷리스트를 학교에서 진로시간 때 쓰라고 할 때마다 쓸데없는 짓이라 생각했는데, 이런 목표점들을 적어놓고 내가 언제까지 이 꿈을 다 이룰까 하는 질문을 하며 살아가는 것도 재미있고 보람 있는 일이 될 것 같다고 생각했다. 하지만 고등학교를 졸업하기 전까지는 공부에 집중한다고 내 작은 꿈들을 이루는 것에는 깊게 집중할 수 없을 것 같다. 내가 목표로 하는 간절한 꿈이 있고, 그것을 이루기 위해서라면 공부와 운동이 최우선이니 말이다. 또 어른들은 학생이 꿈을 가지는 것도 중요하지만, 우선은 공부를 해서 네 꿈을 이룰 수 있는 사람이 된 뒤에 너의 꿈을 생각해 보라고 종종 말씀하시기도 한다. 그럼 버킷리스트는 수능이 끝나고 나서야 비로소 시작인 것인가…….

갑자기 나를 흔들어 깨우는 소리에 놀라서 일어났다.

"어서 빨리 환복해. 어쩌려고 그러니? 지금 다들 운동장이야."

어? 이게 무슨 일인가? 갑자기 환복? 운동장? 급하게 재촉하는 소리에 일단 일어났다. 내 손에 옷을 쥐어주고는 먼저 간다며 뛰어나가는 친구인지 동료인지 모를 처음 보는 그녀를 따라가기 위해 서둘렀다. 나는 어지러운 머리를 잡고 다들 빠른 걸음으로 뛰어가는 곳으로 향했다. 나를 쳐다보는 수많은 눈들이 다정스러웠다. 일단 안심이었다. 정신을 가다듬고 무슨 일인지 생각해 보기도 전에 그들과 함께 하나 둘 하나 둘 달리기 시작했다. 달리면서 주위를 둘러보니 생소하면서도 익숙한 분위기였다. 저 먼 푸른 하늘은 내가 맨날 보던 하늘과는 달라보였고, 내가 지금 마시고 있는 공기도 무언가가 싱그러운 느낌으로, 내가 있던 대구는 아닌 것 같았다.

자세히 바라보니 여긴 내가 꿈꾸던 그곳… 육군사관학교였다. 나는 믿기지가 않았다. 갑자기 머리가 띵하면서 그제서야 옆쪽에 왕벚꽃나무가 보였고, 그 뒷 건물 초록색 기와지붕이 보였다. 맞다. 내가 매년 신청한 육군사관학교 설명 책자에 나오던 그 건물이다. 그럼 내가 육군사관학교 입학에 성공한 건가? 야호! 이렇게 나는 최고의 버킷리스트를 이루었구나. 육군사관학교는 꼬마 시절부터의 꿈이었다. 나는 육군사관학교생도가 되어 나 자신을 지키는 것은 물론 우리 가족, 친구 등 내 주변 사람들을 지키고, 나라를 위해 열심히 일하는 멋진 군인이 되기를 꿈꿔왔다. 그래서 내가 맨날 보던 육군사관학교 책자의 사진 속 언니들이 입는 하얀 셔츠 어깨에 달린 견장이 너무 부러웠고, 신체검사와 어려운 시험을 통과하는 꿈까지 꾸면서 바라왔다. 하지만 군인이 되는 과정이 어려운 것을 알고 있기에, 나에게는 항상 두려움과 닿을 수 없는 희망으로 느껴졌는데 그러던 내가 여기에 왔다. 내가 그토록 꿈꾸고 바라던 육군사관학교에, 내가 왔다. 갑자기 다리에 힘이 들어가고 목소리가 커졌다. 옆에서 같이 발맞추던 친구들이 이상하게 쳐다봤지만 나는 육사생도다. 무슨 말이 더 필요하겠는가… 나는 장교가 되어 국가와 국민을 지킨다. 육사스킬을 장착하고 난 내 모습은 더 말할 것도 없이 의욕에 차 있었다. 공부도 유격훈련도 전투전술 수업도 임관에 필요한 모든 것을 갖춘 느낌이었다. 내가 그토록 바라고 바라던 일을 하고 있는데 어찌 아니 기쁠 수 있겠는가… 이렇게 꿈이 이루어지는구나. 나는 이제 우리나라를 지키는 정예장교이다. 나는 이것이 실제로 일어나고 있는 일인지에 대한 의구심 보다는 지금 내가 겪고 있는 일이 사실이었으면 좋겠다는 희망과 꿈이라면 깨지 않기를 바라는 간절한 마음밖에 없었다. 그래서 그런지 내 얼굴에는 웃음이 절로 번지고 있었다. 하지만 그와 동시에 갑자기 머리가 어지러워지면서 눈앞이 깜깜해지기 시작했다.

까막까치 울음소리인가… 사관학교 기숙사에 감나무가 있었던가? 저 소리는 분명 감나무 끝에 달린 감을 서로 먹으려 다투는 것 같다. 도무지 그칠 것 같지 않은 울음소리에 눈을 떠보니 허름한 판자집. 너무 놀라 달려 나가 보니 아무것도 없는 바다다. 생전 처음 보는 커다란 돌 비석에 한자로 무언가 쓰여 있다. 눈을 비비며 자세히 보려

했지만 머리가 너무 띵하고 어지러워서 일어나 볼 힘조차 없었다. 옆에 누운 동료는 생전 처음 보는 얼굴… 내 인기척을 들었는지 그는 주절주절 이야기했다.

"어제는 결국 9명이 배를 타고 떠났어. 몸은 고달프고 부양해야 하는 가족들도 있는데, 아무도 알아주지 않는 독도의용 수비대원 노릇 누가 하고 싶어하겠노. 이해한다. 아직 날이 덜 밝았으니 좀 더 자라."

돌아 눕는 등 뒤로 나는 정신이 아득해짐을 느꼈다. 내가 독도수비대라는 말을 듣고도 믿기지 않았다. 독도수비대라니……. 방금 전까지 분명 육사생도로 행복한 삶을 꿈꾸고 있었는데 갑자기 독도라니. 이건 꿈이겠지? 생각하면서 주위를 둘러보는데 일본군이 꽂아놓았던 나무 표지판이 보였다. 다케시마라는 버려진 표지판을 보면서 내가 이곳에 도착해서 나무판을 뽑고 이곳이 우리나라 땅이라는 것임을 확인하듯 동료들과 만세를 외치던 일이 어렴풋이 기억났다.

나는 시간여행자인 것인가? 도대체 일어날 수 없는 일이 계속 되는 것에 놀랐다. 독도에는 일본군들이 먹고 마시고 간 쓰레기들과 다케시마라는 푯말이 남아 있었다. 누구라고 할 것도 없이 가지고 간 삽이며 지팡이며 손에 잡히는 것들로 표지판을 뽑아냈다. 그와 동시에 나는 독도의용수비대가 되었던 것이다. 내가 주위 동료들의 얼굴을 머리에 새길 듯이 한 명 한 명 돌아볼 때, 나지막한 목소리가 들렸다.

"이 땅이 뉘 땅인디……."

대장으로 보이는 노병이 계속 되뇌이는 말이었다. 이 땅이 뉘 땅인디…… 그 소리가 자장가처럼 들리면서 아득해졌다.

나는 누구, 여긴 어디? 도대체 오늘 나는 무슨 일인지 정신이 하나도 없다. 얼마나 많은 세상이 내 앞에 나타날 것인지, 왜 이런 일이 일어나는지 생각해 보았다. 버킷리스트 때문인가? 내가 소망하는 것들은 현실에서 내가 할 수 있는 일들인데 굳이 왜? 이런저런 생각들을 하다가 임진왜란 시대로 가면 어떨까 생각해 보았다. 육사생도가 꿈인 내가 임진왜란에 참여한다니……. 영화 같은 이야기이다. 끔찍한 구시대 전쟁은 칼과 총으로 사람을 죽이는 것이니 현실의 로켓포, 핵보다는 어쩌면 더 인간적일 것도 같았다. 임진왜란은 당시에 일본이 우리나라를 침입할 계획과 정보만 확실히 알고 있었다면 충분히 막을 수 있었던 전쟁이다. 선조가 대신을 보내서 당시 일본의 상황을 관찰하게 하였으나 돌아온 후에 대신들의 의견이 달랐다. 전쟁이 일어날 것이라는 쪽과 전혀 전쟁의 기미가 보이지 않는다는 쪽의 의견으로 갈라지는 것이다. 최종적으로 왕실에서는 전쟁에 대한 준비를 전혀 하지 않은 것이 문제였다. 내가 시간여행을 할 장소는 이곳이 아니다. 어차피 조정 대신들은 두 갈래로 나눠져서 붕당을 하고 있으며, 선조는 제 몸 지키기에 급급한 그다지 훌륭한 왕이 아니었으니 그들에게 기대할 필요는 없을 것이다.

나는 임진왜란이 일어나기 전에 이순신 장군을 한번 만나보고 싶었다. 실제로 실록의 내용을 살펴보면 이순신 장군은 이미 이때부터 일본의 침입을 예상했고, 전쟁 준비를 위하여 군사를 꾸준히 훈련시켜왔다고 한다. 나는 이순신 장군을 찾아가서 그들이 침입하는 시기와 장소를 정확하게 알려주고 싶다. 그 정보는 조선왕조실록이나 임진록 등의 역사서를 통하여 시간여행을 떠나기 이전에 미리 알아두어야 하는데, 나는 지금 역사를 자세히 배운 동도중 3학년이다. 자신 있게 이야기할 수 있다. 임진왜란 당시 왜군들은 부산 쪽으로 상륙하여 침입을 해왔기 때문에 이러한 사실을 이순신 장군에게 자세히 알리기로 했다. 일본군들이 상륙하기 전에 이순신의 함선과 전투를 해야 하기 때문에 전멸시키는 것은 무리가 따르겠지만 일본군들이 육지로 오르기 전에 더 많은 인원을 제압할 수 있을 것이다. 그리고 이순신 장군에게 그들이 부산으로 진격을 하니 수군이 왜군과 싸우게 하고, 미리 동래 부사 송상현에게 알려서 매복을 하고 있다가 일부 육지로 올라오는 병력에 대항해 화계나 대포 등의 공격으로 막대한 피해를 입히도록 이야기해 줄 것이다. 아마 전쟁이 이런 식으로 진행이 된다면 임진왜란의 피해를 많이 줄일 수 있을 것으로 상상이 된다.

나는 버킷리스트 완결자이며, 또 시간여행자이기도 하다. 또 나로 인해 우리나라의 영웅 이순신장군은 명량에서 목숨을 잃지 않을 것이고, 왜군은 우리나라로 부터 아무것도 뺏지 못하고 일본으로 돌아갈 것이다. 상상만으로도 행복한 일이다. 얼마 전 읽은 책에서 지금 내 모습이 의심스러우면 내 과거를 회상해 보고, 미래의 내 모습이 궁금하다면 지금의 내 생활을 되짚어 보라는 구절이 있었다. 나의 버킷 리스트는 미래를 향해 있지만, 나의 현재는 과거 다양한 경험 속에서 나온 것이다.

초등학생시절 나는 희망직업을 적는 난에 작가라고 적었다. 육사 진학으로 실질적인 꿈이 바뀌기 전까지 내 꿈은 작가였다. 사람들이 읽고 상상을 하고, 그 글에 감동하고, 내 글을 읽어주는 것이 얼마나 멋진 일인가. 작가가 되면 내가 하고 싶은 일들을 다 할 수 있고, 내가 되고 싶은 사람이 다 될 수 있고, 무엇이건 이룰 수 있을 것 같았다. 문득 작가를 꿈꾸던 초등학교 3학년 때 교과서에 있던 홍길동전을 보고 받은 감동을 받았던 기억이나, 이번엔 시간여행으로 허균을 인터뷰 하면 어떨까 생각해 보았다. 아나운서로 허균을 만나 취재를 해보는 것이다. 오늘 나는 얼마만큼의 새로운 세상을 만날 수 있을까?

나 : 길동이 의적이 되게 한 것에는 작가님의 숨겨진 의도나 이유가 있었나요?

작가 허균 : 길동은 인간답지 못하게 사느니 차라리 처지가 같은 빈민층을 위해 살겠다고 결심을 했던 것이었습니다. 그러니 도적이 되는 것이 가장 최선의 방법이었습니다. 그냥 도적질을 하는 것이 아니라 의로움을 실천하고자 했던 것입니다. 백성들은 그렇기 때문에 길동을 그들의 영웅으로 인정한 것이지요. 백성들은 당연히 자신들을 대변하여 세상을 바꿔줄 수 있는 길동이 같은 사람이 필요했을 테니까요.

나 : 그렇다면 왜 현대인들은 홍길동의 행동에 대해 그 정당성을 문제 삼는 것일까요? 어떤 사람은 홍길동이 남의 물건을 훔치거나 빼앗는 나쁜 짓을 했기에 도적이라 부릅니다. 아무리 어려운 백성들을 도와주는 의로운 일을 했다고 해도 분명 남의 물건을 훔쳤으니까요. 하지만 또 다른 사람들은 법의 잣대를

들이대면 홍길동이 도둑질을 한 것이 분명하지만, 법을 무시해버리는 탐관오리들의 횡포가 심각했으므로 홍길동이 아니었다면 백성들은 더욱 고통스러워하며 굶어죽었을 것이다. 홍길동 같은 영웅이 등장해 가엾은 백성들을 구했다고 말합니다. 작가님은 홍길동이 영웅이라고 하지 않았습니까? 이러한 사람들의 논란에 대해 작가님은 어떻게 생각하십니까?

작가 허균 : 지금 길동의 행동에 대해 정당성을 문제 삼는 것은 조선과 현대의 시대 상황과 그에 따른 인간관이 다르기 때문입니다. 조선시대에는 부정한 방법으로 부를 누리는 탐관오리로 인해 국민들의 생활이 비할 수 없이 비참했습니다. 그러니 길동을 통해 탐관오리를 응징하고 싶었고, 독자들 역시 그 모습에 통쾌함을 느끼는 것 입니다. 하지만 현대사회는 그때와 다릅니다. 설사 나쁜 짓을 하는 정치가가 있다고 해도 굳이 개인이 나서지 않아도 됩니다. 그를 응징할 수 있는 방법이 많기 때문입니다. 따라서 현대인들의 시각에서는 길동의 행동을 충분히 비판할 수 있다고 봅니다. 그러나 문학은 시대를 반영하므로 그 시대의 시각에서는 정당하고 통쾌한 일이었다고 생각합니다.

나 : 홍길동이 세운 율도국은 어떠한 의미를 가지고 있습니까?

작가 허균 : 율도국은 이상사회였습니다. 길동이 가지고 있던 문제
　　　　　점들이 하나하나 해결됨으로써 홍길동의 이상을 실현
　　　　　할 새로운 공간이 필요했습니다. 그래서 율도국은 단
　　　　　순한 유토피아가 아니고 사회의 모순에 대한 적극적
　　　　　비판과 저항 의식의 연장선상에 놓인 공간이기에 더
　　　　　욱 역사적인 가치를 가지고 있습니다.

나 : 끝으로 남기고 싶은 말씀은 무엇입니까?

작가 허균 : 내가 가진 것은 글을 쓰는 재주뿐이라 이 작은 재주로
　　　　　시대를 비꼬아 보았을 뿐 결국 시대를 바꾸지는 못했
　　　　　습니다. 그저 시간이 지나고 홍길동전 하나가 남아서
　　　　　그 시대를 알려줄 뿐이니 안타까울 따름입니다. 나는
　　　　　'그대들은 그대들의 법이나 써라. 나는 내 인생을 나
　　　　　대로 살리라'고 했습니다. 그래서 홍길동전을 썼고 후
　　　　　회는 없습니다. 내 죽고 얼마나 지나야 새로운 세상이
　　　　　올지는 모르겠지만, 그 세상에 허균이란 자가 조그마
　　　　　한 뜻을 남겼다는 자취나 몇 자락 있으면 바랄 것이 없
　　　　　을 것 같습니다.

나 : 이로써 홍길동전 작가와의 인터뷰를 마치겠습니다. 제가 이루
　　지 못한 작가의 소망을 이루었고, 훌륭한 소설을 남긴 허균 작
　　가에게 존경을 표합니다. 작가님! 우리나라 문학계에서 다신

없을 귀중한 작품을 남겨주셔서 정말 감사합니다!

머리가 멍하고 어지러운 느낌이 들었다. 내가 누구이며, 나는 또 무엇이 되어서 어떤 버킷 리스트를 이룰지 궁금해졌다. 매일 6시가 되면 울리는 알람이 울리고, 나는 무거운 몸을 겨우 일으켰다. 전 세계 모든 사람에게 아침은 힘들 것이다. 어? 오늘은 그냥 똑같은 날인가? 우리 집이고 잠이 덜 깬 멍한 나인데… 이건 뭐지? 짧은 시간 안에 과거를 몇 번이나 오간 나는 지금 이 순간만큼은 내가 이 세상에서 가장 행복한 사람인 것 같다. 이 시간이 지나가지 않고 영원했으면 좋겠다. 아뿔싸……. 책상 위에 있는 달력에는 오늘 내가 해야 할 일들이 빼곡히 적혀 있다. 나는 샐러리맨인가 보다. 월급을 받고 직장에서 짤리지 않으려면 뛰어야 한다. 급한 마음에 TV를 켰다. '오늘 날씨는 영하 10도일 것으로 예상됩니다.' TV에서 아나운서가 말한다. 오늘은 두꺼운 파카를 입고 달려야 할 것 같다. 옷을 입고, 바닥에 있던 가방을 메고, 신발을 신고 옷맵시를 점검한 뒤 오늘도 버텨보자 눈을 감고 마음속으로 생각한다. 밖으로 나간다. 매서운 겨울 공기가 정신이 번쩍 들게 만든다. 내가 늘 바라고 바라던 어른들의 세상은 이렇구나……. 저마다 자신의 스타일대로 정장을 입은 샐러리맨들의 피곤함, 굳은 얼굴들, 바쁜 발걸음… 상쾌한 아침공기와는 상반된 냉정한 느낌이 든다. 등굣길에 눈만 마주치면 웃던 친구들이 갑자기 생각났다. 동도중 언덕길을 함께 올라가며 웃던 내 친구들은 지금 어떻게 지내고 있을까? 갑자기 온갖 생각이 떠올랐지만 나는 바빴다. 아마 지각일지도 모른다. 갑자기 무서워졌다. 이 생활이 익숙하지만 익숙하지 않다. 버스를 기다린다. 기다리는 동안 이어폰을 꽂고 음악을 들으니 마음이 차분해졌다. 숨 막히는 고요함. 차갑다 못해 서늘함이 느껴지는 출근길에서 사람들은 저 마다 자신들의 방식대로 이 따분한 시간을 보내고 있다. 항상 가는 길이지만 갈 때마다 새로운 사람들과 새로운 느낌이다. 기분 좋은 새로움이 아닌 찝찝한 새로움일 것 이다. 버스가 온다. 사람이 별로 없다. 여기서 타는 사람도 별로 없다. 가장 왼쪽 끝 봉이 달린 자리에 앉아서 알람을 20분 뒤로 설정해놓고, 눈을 붙여본다. 집에서는 양을 세어도 오지 않던 잠이 여기서는 눈을 감자마자 온다. 알람이 울린다. 나에게 일어나는 일들이 꿈인지 생시인지 파악도 못한 채 또 하루 일과가 시작된다.

"오늘은 파키스탄 지역에서 대규모 군사훈련이 있을 거라고 합니다. 일단 상황을 보고 이야기합시다."

이런! 여기는 인도와 파키스탄 사이에 있는 카슈미르 분쟁지역이고 나는 유엔 옵서버. 국제연합이 파견하는 다국적군대로 'UN군'이라고도 하며, 유엔평화유지활동(PKO)을 수행한다. 'PKO'는 국제적으로 분쟁이 있는 지역에서 무력의 사용 없이 분쟁지역의 평화 유지 또는 회복을 돕기 위하여 펼치는 활동을 하는데, 육사를 졸업하고 내가 제일 해보고 싶었던 나의 버킷리스트의 최종판이다.

야호! 여기는 인도. 타지마할이 있고, 세 얼간이들이 활약했던 그곳이다. 내가 있는 곳은 카슈미르 분쟁지역이지만 중국과 인도가 맞붙어 있는 라다크도 멀지 않다. 외국인의 눈으로 보기엔 우리나라도 휴전국, 언제든 전쟁이 일어날 준비를 하고 있는 아슬아슬한 나라 같지만 실제로는 그렇지 않은 것처럼 카슈미르 지역 또한 그렇다. 오며 가며 인도군과 파키스탄군은 손인사를 하고, 내가 지내고 있는 기숙사도 다국적 군인들이 모여사는 곳이라 긴장지역이라는 사실만 빼면 편안한 모습이다. 카슈미르 지역은 1947년 파키스탄 독립 직후부터 영유권 다툼이 수십 년간 이어져 온 분쟁지역이다. 현재 파키스탄령과 인도령으로 나누어 통치되고 있는데, 내가 태어나기도 전인 1980년대 후반부터 인도령 카슈미르에서는 꾸준히 독립을 시켜주거나 파키스탄으로 편입을 시켜달라는 주장이 계속 되어왔다. 주로 이슬람교를 믿는 반군들은 무기를 비축하여 게릴라 작전으로 문제를 일으키곤 했기 때문에 카슈미르지역이 세계에서 주시하는 분쟁지역이 되었다.

내가 카슈미르 분쟁 지역에서 본격적으로 업무를 수행하기 전 며칠간의 여유가 있어 뉴델리로 가서 타지마할을 보고 왔다. 한 번도 안 가 본 사람은 있어도 한 번만 가 본 사람은 없다는 인도. 내가 유엔 옵서버로 인도에 파견된 것은 나의 버킷리스트를 완성하기 위한 큰 그림이었을 것이다. 하얀 대리석으로 사람의 눈을 압도하는 타지마할은 사진에서 보는 것보다 더 웅장하고 멋있었다. 이른 새벽 타지마할 앞 인공호수에 거울처럼 비치는 타지마할은 말을 잃을 만큼 환상적이다. 타지마할은 인도의 대표적 이슬람 건축물인데 무굴제국 5대 황제 샤자한이 자신의 죽은 왕비 뭄 타지마할을 추모하기 위해 세운 궁전 형식의 무덤으로 1983년 유네스코에 의해 세계문화유산으로 지정되었다. 무굴 제국은 16세기 초부터 18세기 중반까지 인도를 통치했던 이슬람 왕조로, 무굴제국 5대 황제인 샤 자한 통치기에 가장 안정되고 번영을 이루었다.

타지마할은 샤 자한의 왕비인 뭄타즈 마할이 죽어가면서 자신이 죽은 후 아름다운 무덤을 만들어 줄 것을 부탁하자, 샤 자한이 그 부탁을 실행에 옮기면서 만들어진 결과물이다. 타지마할은 '왕관 모습의 궁전'이라는 의미를 가지는데 동서남북 어느 방향에서 보아도 완벽한 좌우대칭 균형을 이루고 있다. 타지마할을 짓기 위해 당시 오스만투르크제국 최고의 모스크 전문 건축가 우스타드 라호리가 초청되었고, 아지메르 지방에서 최고급의 흰 대리석들이 수입되었다. 그리고 건물 내부를 장식하기 위해 이탈리아와 터키, 남미 산 유색 대리석과 오닉스, 루비와 사파이어, 그리고 옥이 중국과 아라비아 등지에서 대량으로 수입되었다. 건축 자재 운반을 위해 1,000여 마리의 코끼리가 동원되었으며, 2만 명의 노예들이 건축가의 지시를 받아 무려 22년간의 대 공사 끝에 웅장한 궁전 무덤을 완성시켰다. 타지마할의 외부는 하얀 대리석 위에 우아한 꽃과 코란, 독특한 형태로 반복되는 문양과 조각들이 새겨져 있으며, 이 조각들이 각각 다른 모습으로 전체 면을 장식하고 있다.

타지마할의 건물 안에는 각색의 돌로 아름답게 꾸며진 묘가 있는데, 타지마할이 완성될 당시에는 뭄타즈 마할의 묘만 있었지만 샤 자한 황제가 죽은 후 샤 자한의 묘를 옆에 두었다. 세계에서 제일 아름다운 무덤으로 불리 우는 타지마할의 건축에 샤 자한은 나라 예산의 50%이상을 쏟아 부었고, 무리한 공사의 결과로 국가 재정에 위기를 맞으면서 결국 자신의 아들이자 후계자인 아우랑제브에 의해 샤 자한은 황제에서 폐위 되는 결과를 맞이했다.

준공된 지 350여 년이 지난 타지마할은 외부의 대리석 마감이 훼손되고 있는데, 그 아름다움이 덜해지기 전에 타지마할을 볼 수 있음이 너무 행복했다. 이런 아름다운 문화재를 보유한 인도가 조금만 더 욕심을 부려서 관광산업에 힘을 쏟아 붓는다면 이 넓은 땅과 비옥한 자원을 뒷받침 삼아 세계 최강대국 중에 한나라가 될 것이 틀림없으므로 발전 가능성이 무궁무진한 나라라는 생각이 들었다.

타지마할에서 카슈미르 분쟁지역은 비행기를 타고 하루를 꼬박 날아야 도착할 수 있었다. 습하고 더웠던 인도 날씨와는 달리 비행기에서 내리자 쌀쌀한 바람이 온몸을 떨리게 만들었다. '아… 히말라야 산맥 근처구나. 역시 우리나라와는 달리 여러 국가를 이웃하고 있는 대국이구나' 하는 생각이 들었다. 핵보유국이자 오랜 앙숙인 인도와 파키스탄이 분쟁지역인 카슈미르에서 공습을 주고받으면서 양국 갈등이 1971년 3차 전쟁 이후 최악으로 치닫고 있다는 설명과 함께, 유엔 옵서버 동아시아 담당 이인 장군님께서 카슈미르에 대해 설명해 주셨다. 카슈미르는 다양한 시각으로 보아야 한다고 했다. 종교적 · 정치적 대립으로 앙숙 관계인 인도-파키스탄 관계에서 언제 터질지 모르는 화약고로, 1947년 양국 분리 이후 50여 년 동안 전투와 테러가 끊이지 않았다고 했다.

유엔군의 역할이 궁금해졌다. 우리나라 또한 분단국가로 지정되어서 유엔군이 파견되어 있는데 우리나라 휴전선에 근무하는 유엔군 또한 나와 같은 마음이리라 생각하니 카슈미르 지역에 대한 애정이 샘

솟듯 밀려왔다. 내가 이 험한 곳에서 과연 무엇을 할 수 있단 말인가.

분쟁의 씨앗은 1947년 영국의 식민지배에서 벗어난 인도 대륙이 인도와 파키스탄으로 분리 독립할 때부터다. 당시 카슈미르는 두 나라 가운데 하나를 선택해야 했다. 무슬림 주민은 파키스탄에 편입되기를 희망했지만 힌두교를 믿는 지도자 마흐라자 하리 싱이 카슈미르를 인도에 귀속해 버렸다. 이에 반발한 무슬림 주민들이 같은 해 10월 폭동을 일으켰다. 파키스탄이 지원 병력을 파견하자 하리 싱의 지원 요청으로 인도가 무력 개입하면서 제1차 전쟁이 발발했다. 유엔의 중재로 휴전이 된 후 카슈미르는 파키스탄령(아자드-카슈미르)과 인도령(잠무-카슈미르)으로 분단됐다. 이건 우리나라 남과 북과 같으면서도 다른 모습이다. 이후 인도는 주민투표를 통해 잠무-카슈미르의 미래를 결정하겠다고 약속했지만 이를 미루다가 잠무-카슈미르를 연방의 하나로 편입해버렸다. 현지 주민과 파키스탄은 강력하게 반발했고 파키스탄은 1965년 수천 명의 게릴라를 앞세워 2차 전쟁을 일으켰다. 3차 전쟁은 인도가 1971년 동파키스탄 독립 문제에 개입했다가 발발했다. 인도는 이 전쟁에서 일방적으로 승리했고 동파키스탄은 방글라데시로 독립했다. 하지만 카슈미르 문제는 여전히 해결되지 않은채 1947년의 휴전선을 LoC으로 교체하는 등 현상만 유지하는 데 그쳤다.

갈등을 해결하는 것은 다양한 방법이 존재하지만 국가와 민족과 종교가 다른 이곳의 해결방법은 어디에도 없는 것 같은 암담한 생각이 들었다. 카슈미르 지역을 두고 분위기가 본격적으로 냉각되기 시작한 건 2019년 2월 15일 인도령 카슈미르에서 폭탄 테러가 발생해 무장경찰 46명이 사망한 사건 이후다. 해당 폭탄 테러는 카슈미르에서 수십 년 만에 가장 많은 사상자를 낸 사건이었다고 한다. 이 잔인한 사건과 관련해서 인도는 파키스탄의 개입에 대한 '명백한 증거'를 가지고 있다며 파키스탄을 국제사회에서 '완전히 고립'시키겠다고 선언했다. 하지만 파키스탄의 한 장관은 이에 맞서 사건과 관련한 증거를 밝히라고 요청했다. 양측이 엇갈린 주장을 하며 누구도 잘못을 인정하지 않았다. 그날 이후 지금까지 파키스탄과 인도 사이 공습, 협박, 책임 부인이 반복되고 있다. 우리나라에서 일어나는 남과 북 사이의 사건들도 연평도부터 남파간첩, 천안함까지 남과 북의 책임론과 반박이 계속되는 것과 같은 갈등의 연속이다. 이곳에서 내 역할은 무엇이며, 내가 과연 잘 해낼 수 있을 것인가.

잠시 정신이 아득해졌다. 여기는 또 어디인가… 눈을 떠보니 큰 초록색 칠판이 내 눈앞에 어른거렸다. 나는 정신이 어지러웠지만 힘겹게 일어났다. 일어나 보니 나는 의자에 앉아 있었고, 내 앞에는 친구들이 정겹게 떠들고 있었다.

나는 번뜩 정신이 들었고 학교에서 잠들었던 것임을 알아챘다. 이때까지 겪었던 것이 모두 꿈이었다는 것이 한편으로는 아쉬웠지만 또 전쟁이 일어나기 직전에 돌아왔다는 것이 기쁘기도 했다. 신나게 떠들고 있는 아이들을 보니 새삼 반갑게 느껴졌다. 나는 아까 전에 꾼 꿈으로 깊은 생각에 빠지게 되었다. 나는 내가 존경하는 위인도 만나보고, 내 꿈을 이뤄도 보았다.

하지만 나는 지금 미래도 과거도 아닌 현재에서 살고 있다. 현재의 나는 어떤 꿈을 이루고 싶어 하지? 지금 내가 행복해지고 내가 이루고 싶은 꿈을 위해 노력하는 것이 값지다고 생각한다. 그러므로 나는 다시 내 공책에 내가 꼭 해보고 싶었던 일들을 써 보기 시작했다. 나는 무엇을 할 때 가장 행복한지, 행복하게 살기 위해서 현재의 나는 어떤 노력하며 살아야 할까? 일단 내가 이루고 싶은 목표를 위하여 노력을 하면서 내가 이 세상에서 제일 좋아하는 우리 가족, 친구들과 항상 함께여야겠다고 생각했다.

1학기 마지막 종례 시간이 다가왔다. 아이들과 담임 선생님께 인사를 드리고, 선생님께서는 올해 1학기도 수고했다고 하셨다.

우리 가족은 방학이 된 기념으로 서울로 여행을 떠났고, 내 사촌 언니를 만나 즐거운 시간을 보냈다. 내 버킷리스트에 있는 사촌언니들과 한강 가서 라면을 먹는 소원도 이루었고, 우리 가족끼리 노래방을 가는 꿈도 이루었으며 야구장에 가서 경기를 관람하며 치킨을 먹기도 했다.

서울을 갔다가 돌아오는 기차 안에서 생각했다. 내가 이렇게 삶 속에서 느끼는 사소한 즐거움 하나 또한 나를 웃게 만들며, 공부와 친구문제 등 여러 문제에 직면하고 있는 나를 위로해 주고, 보듬어 준다는 것을. 나는 앞으로도 내 꿈을 이루기 위해 노력하고 나의 소소한 행복을 찾기 위해서 항상 최선을 다해야겠다고 생각했다.

'소확행'이라는 말이 있다. 소확행이란 '소소하지만 확실한 행복'의 약칭으로 일상에서 느낄 수 있는 작지만 확실하게 실현 가능한 행복 또는 그러한 행복을 추구하는 삶의 경향을 의미한다. 요즘은 이런 일상 속에서의 소소한 행복을 찾으려고 노력하는 사람들이 주위에 많다. 나는 이 책을 읽는 모든 사람들이 '소확행'이라는 말을 가슴에 품고, 자신의 미래, 현재, 과거에 대해 생각을 해보면서 희망차게 살아가면 좋겠다!

열여섯,
여행을 떠나기
좋은 나이

김인아(3학년)

· · · · · ·

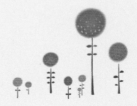

　　동도중학교에 다니는 열여섯 살 김인아입니다. 열여섯, 절대 되지 않을 것 같던 중학교 삼학년이 되었네요. 크게만 느껴졌던 열여섯이라는 숫자가 막상 다가오니 너무 서툴고 어린 나이인 것 같아요. 이제 곧 열일곱이 될 텐데 그때도 이렇게 서툴면 어떡하지, 라는 생각으로 하루하루를 보내고 있습니다.

　　'작가 소개'라는 말이 저에게는 아직 낯설어요. 2018년부터 시작해서 벌써 세 편의 글을 썼고, 이번이 세 번째 작가의 말을 쓰는 거지만 아직 제 이름 옆에 작가라는 말이 붙는 것이 너무 낯설고 부담스럽습니다. 작가라는 말이 어울릴 만한 글을 쓰고 있는지도 잘 모르겠고요. 매번 작가의 말을 멋있게 쓰고 싶지만 이런 말들만 두서없이 늘어놓는 것도 그 이유인 것 같아요. 글 쓰는 것을 배우지 않아서 그런가 글은 쓸 때마다 어렵고 힘듭니다. 그래서 매번 목표는 거대하지만 마무리는 흐지부지되네요. 이번 글도 마찬가지인 것 같지만, 중학교에서의 마지막 글이니만큼 최선을 다해 썼습니다. 일학년 때보다는 나아진 글을 쓴 거였으면 좋겠어요. 재밌게 봐 주셨으면 좋겠습니다.

00

이건 내 여행 일지다. 열여섯 강서아의 여행 일지. 여행 일지라고 말하긴 조금 부끄럽지만, 어쨌든.

본격적으로 시작하기 전에 내가 왜 떠났는지에 대해 설명해야겠다. 평범한 대한민국 중학교 삼학년이었던 나는 모든 것에 지쳐 있었다. 성적, 학교, 친구들 등 크고 작은 걱정들과 다툼에 말이다. 그러던 어느 날, 열일곱에 혼자 여행을 떠났고 좋았더라는 글을 읽었고 나도 어디든 가고 싶었다. 그래서 모든 걸 놔두고 떠났다. 엄마 아빠에게 나 한 달만, 아니 이 주만 여행 다니다가 오겠다고 통보했을 때, 순순히 허락해 주시진 않으셨다. 걱정도 많이 하셨지만 며칠 동안 열심히 짠 계획으로 몇 주를 설득했다. 다른 사람이 보기에도 내가 힘들어 보였는지 결국 방학 틈타 쉬다 오라고 허락해 주셨다. 그렇게 우리나라 구석구석을 다니게 되었다. 사실은 해외로 나가고 싶었지만 언어든, 돈이든, 시간이든, 모든 조건이 열악해서 해외여행은 다음에 가기로 했다.

01

12월 22일, 여행의 출발. 제주도에 동백 축제가 한창이라길래 제주도행 비행기 티켓부터 끊었다. 공항에서 엄마, 아빠가 잔소리를 너무 하는 바람에 비행기를 놓칠 뻔했다. 완전 집을 떠나는 게 아닌데도 왜 이렇게 걱정이 심한지. 비행기에서 내려 한 시간 정도 버스를 타고 도착한 휴애리 생태공원은 동백꽃으로 가득했다. 오랜만에 꽃향기, 풀 냄새를 잔뜩 맡으니까 약간 어지러운 듯하기도 했지만 그래도 마냥 좋았다. 이렇게 자연에 가까이 간 건 초등학교 때 수목원에 간 이후로 처음인 것 같았다. 동백나무 사이를 걸어 다니며 사진을 정신없이 찍다 보니 눈이 내리기 시작했다. 오랜만에 이렇게 눈 내리는 것도 보고, 역시 밖으로 나오길 잘했단 생각을 했다. 으, 얇은 코트만 입고 왔더니 추워지기 시작한다. 이제 들어가야지.

게스트 하우스에서 보니 내 또래의 학생들도 꽤 있었고 대학생들도 많았다. 다 같이 모여 뒷마당에서 밥을 먹었는데 학교 수련회에 온 것 같고 좋았다. 옆방 사람들과 얘기를 하다 친구를 만나러 제주도에 왔다는 나와 동갑인 친구를 만났다. 서울에 산다던데, 나중에

서울에 가게 된다면 연락 꼭 하기로 하고 전화번호 교환도 했다. 이렇게 친구를 만들다니, 새롭기도 하고 소극적이었던 내가 조금 발전한 것 같아서 뿌듯했다. 여행 첫날, 조금은 헤맸지만 스타트를 잘 끊은 것 같아서 기분이 좋고 앞으로가 더 기대된다. 피곤했는지 눕자마자 눈꺼풀이 감겼다. 아, 엄마한테 전화해야 하는데.

12월 23일. 아침 일찍 일어나 귤 따기 체험도 가고, 맛집도 가고, 승마 체험도 가려고 했는데 한 시가 다 돼서 일어나는 바람에 다 실패했다. 혼자 일어나려니까 힘드네. 그래도 근처에 숲길이 있대서 걸으러 갔다 왔다. 경사가 심하지도 않았고 길도 복잡하지 않아서 운동을 싫어하는 나도 편하게 갔다 올 수 있었다. 그 후에는 유명한 맛집은 아니지만 게스트 하우스 주인아주머니께서 추천해 주신 현지 맛집으로! 해장국을 먹으러 갔다 왔다. 땀을 조금 흘리고 와서 그런가, 정말 맛있었다.

이왕 제주도에 왔는데 바다는 봐야지, 라는 생각으로 게스트 하우스 근처 바다로 나갔다. 12월이라 그런지 패딩으로 꽁꽁 싸매고도 추워서 건너편 방 언니한테 담요를 빌려 나왔다. 관광지가 아니고 그냥 동네 바다라 그런지 사람이 많이 없어 좋았다. 큰 바위에 가만히 앉아서 제주도의 잔잔한 겨울 바다를 보고 있으니 잡생각들이 모두 사라지는 기분이었다. 언젠가 '아무도 이해 못 받는 혼자임을 느낄 때 나는 바다를 본다'라는 시를 본 적이 있었다. 정말, 바다가 나를 이해해 주는 것 같았다. 바다 근처에서 살면 외로울 일은 없겠다. 그렇게 해가 바다 저편으로 사라지고, 뭉개진 빛들이 여운이 남아 하늘을 보랏빛으로 물들일 때까지 가만히 바다를 보다 숙소로 돌아왔다. 하루에 딱 한 번, 황혼일 때만 볼 수 있는 보랏빛 하늘. 이효리가 매일 이런 기분일까. 사람들이 다 제주도, 제주도 하는 이유가 있었다.

12월 24일, 크리스마스 이브. 제주도에 있다 보니까 가고 싶은 데가 너무 많아서 방학 내내 제주도에 있고 싶었다. 고작 이틀 있었을 뿐인데 평생 살던 제주도를 떠나는 기분이 들어 웃기기도 했다. 대구를 떠날 때보다 더 아쉬운 것 같아. 하지만 앞으로의 계획이 있으니까 아쉬움을 뒤로하고 부산행 비행기에 올라탔다. 제주도, 안녕.

02

처음 부산 여행 계획을 짤 땐 사실 조금 막막했다. 제주도는 확실히 가고 싶은 데가 있었는데 내가 아는 부산은 해운대와 국제시장밖에 없어서. 어떻게든 되겠지, 일단 밥부터 먹자, 하고 김해공항 근처 국밥 맛집 찾아서 국밥에 수육까지 맛있게 먹었다. 계산하기 전 주인 아주머니께 이 근처 유명한 게 뭐가 있냐고 물어보니 버스 타고 한 시간 정도 가면 있는 감천 문화 마을이 사진 찍기 좋단다. 아무것도 정해진 것이 없었기에 그 말만 믿고 버스 타고 감천 문화 마을로 갔다. 문화 마을 골목 구석구석마다 예쁜 조형물들이 가득해 정말 사진 찍기 좋았다. 감천 문화 마을에서 가장 유명한 어린 왕자랑도 사진 찍고 밑에 기념품점에서도 엽서도 잔뜩 샀다. 크리스마스 이브라 그런가 관광객도 몇 없어서 좋았다. 그런데 한 가지 단점은 길이 전부 오르막이어서 등산하는 기분이었다. 좋았지만, 다시는 안 올 것 같다. 두 시간 정도 오르막 내리막 걸어 다니니까 진이 다 빠져서 추운 날씨에도 땀이 삐질삐질 났다.

드디어 12월 25일, 크리스마스. 여느 때 같았으면 엄마, 아빠와 같이 백화점이나 가서 옷 몇 개 사고 밥 먹다가 들어와서 나 홀로 집에 보고 그랬을 텐데 뭔가 감회가 새로웠다. 이런 방식으론 처음 맞는 크리스마스라. 이왕 혼자 보내는 거 엄마, 아빠보다 재밌게 보내야겠다란 생각에 아무것도 생각 안 하고 무작정 밖으로 나왔다.

크리스마스인데 북적북적 사람 많은 데로 가야 하지 않을까 해서 광복로로 갔다. 크리스마스 되면 문화 트리 축제인가 뭔가를 한다고 하길래 뭘까 하며 기대도 좀 했다. 가 보니까 역시나 인산인해를 이루고 있었다. 주변을 둘러보니 점심때여서 사람들 모두 식당 앞에서 벌벌 떨면서 웨이팅 서고 있었다. 나도 근처 일식집 같아 보이는 식당에 전화번호 이름 적어놓고 나왔다. 식당 밖에 있는 커다란 트리를 보다가 갑자기 엄마 생각이 나서 전화했다.

"여보세요? 서아야?"

"응. 엄마 어디야?"

"우리 밥 먹으러 나왔어. 너는? 오늘 부산이라고 했나?"

"응, 나 지금 광복로 왔어. 사람 진짜 많아."

"추운데 조심하고. 밥 잘 챙겨 먹고."

"나도 지금 밥 먹으려고 대기하고 있어. 알았어."
"어, 끊어."

오랜만의 전화였는데 엄마는 이미 내가 떠난 게 적응됐나 보다. 되게 매정하네. 이런 생각 하면서 밥 먹고 뭐할지 대충 찾아보고 있을 때 내 이름이 불렸다. 강서아 손님~ 네. 안쪽으로 들어오실게요. 원래 혼밥하는 사람들이 많은지 대부분 1인 테이블이어서 좋았다. 연어 덮밥 하나 시키고 나서야 오늘 같은 날은 따뜻한 거 먹어야 하는데 하는 생각이 들었다. 저녁에는 전골 같은 거 먹어야지. 근데 1인 전골도 파나? 혼자 다니니까 이런 게 안 좋네. 어쨌든, 맛있게 먹고 앉아서 이 근처에 갈 법한 곳이 있는지 검색해 봤다. 근데 아무것도 없는 것 같길래 저녁까지 그냥 백화점 구경하면서 기다렸다. 6시쯤 됐을까, 어두워지기 시작하니까 밖의 조형물들에 감겨 있던 전구가 하나, 둘 켜지는 게 보였다. 이제 나도 슬슬 나가 볼까. 거리에는 한 열 걸음에 한 개씩 커다란 트리가 놓여 있었다. 반짝반짝하는 트리들을 보니 막 설레기 시작했다. 우와, 진짜 크리스마스다. 나한테도 크리스마스 선물을 줘야겠다. 얼른 아무 가게나 들어가서 귀도리(귀마개+목도리)를 하나 샀다. 즉흥적으로 산 거였지만 따뜻하고 좋았다. 정말 추웠지만 바라던 눈은 내리지 않아 조금 아쉬워하던 중 갑자기 눈이 내리기 시작했다. 한 십 분 내렸을까, 엄청 흩날리던 눈이 갑자기 그쳤다. 알고 보니, 7시 정각, 8시 정각에 십 분 동안 인공 눈을 뿌려준다고 했다. 진짜 눈이 내리는 건 아니었지만 이렇게라도 이십 분 동안 화이트 크리스마스를 느낄 수 있어서 좋았다.

03

12월 26일. 크리스마스 다음 날이지만 아무 의미도 없는 날. 12월 24일은 크리스마스 이브라고 호들갑 떨면서 왜 26일은 아무 날이 아닌 걸까. 어제 힘든 줄도 모르고 신나게 걸어 다녔더니 몸에 힘이 하나도 안 들어갔다. 그래서 그냥 기차 시간 전까지 계속 누워있겠다 마음먹었다. 부산 마지막 날인데 이렇게 보내서 조금 아쉽긴 하지만, 내 몸이 말을 안 듣는걸. 나 아직 열여섯인데 이렇게 체력이 안 좋아도 되나 싶었다. 집 가면 이제 운동도 열심히 해야겠다.

그렇게 누워서 좀 자다가 기차 시간에 맞춰서 나왔다. 오랜만의 기차 여행이라서 떨렸다. 과자, 도시락 등등 가득 사서 기차에 탔다. ktx를 탔으면 더 빨리 도착했겠지만, 기차에 오래 있고 싶어 일부러 무궁화호에 탔다. 다섯 시간 동안 버틸 수 있을까 걱정도 조금 됐지만 그래도 오랜만의 기차인데 뭐 어때. 자리에 앉아 먼저 이어폰을 귀에 꽂고 플레이리스트를 골랐다. 무선 이어폰도 있었지만 이럴 때는 줄 이어폰 감성이다 싶었다. 여행 갈 때 듣는 신나는 노래들과 겨울 감성 발라드 몇 개 섞어서 다섯 시간짜리 플레이리스트를 만들고 만족한 표정으로 도시락을 하나 깠다. 오늘 한 끼도 안 먹어서 배고프단 말야. The Vamps의 Married in Vegas 들으면서 유부초밥을 열심히 먹었다. 서울 가면 뭘 해야 하지? 일단 게스트 하우스에 들러서 짐 놔두고, 홍대부터 가야지. 맛있는 거 잔뜩 먹을 거다. 맛집 탐방 다니는 것도 아닌데 매일 먹은 얘기밖에 없지만 뭐. 먹고 죽은 귀신 때깔도

곱다고 맛있는 거 많이 먹어놔야지. 그리고 집 가서 엄청 자랑해야지.

12월 27일. 어제 맛있는 거 먹겠다고 호언장담 해놓고 게스트 하우스 들어가자마자 쓰러져 잤다. 그래서 아무 기억도 없다. 게스트 하우스까지 잘 들어온 것도 다행이라고 생각해야지. 역시 다섯 시간 기차 여행은 나한테 무리였나 보다. 오늘은 명동에서 친구 만나고 홍대 갔다 와야지. 놀 거리 많다고 하니까 시간이 금방 갈 것 같다.

제주도에서 만난 그 친구였다. 서울에 간다고 하니깐 자기가 데리러 가겠다며 신나서 약속을 잡았다. 분명 이틀 전인가 헤어졌지만 만나자마자 2년 만에 만난 것처럼 반가워서 호들갑을 그렇게 떨어냈다. 점심 먹고 방탈출도 하고 미어캣 카페도 가 보고 만화카페에서 누워 있다 왔다. 그냥 대구 시내에서 친구들이랑 놀던 거랑 비슷해서 새롭진 않았지만 오랜만에 친구와 노는 거라서 재밌었다.

12월 28일, 이제 서울에 있을 날도 얼마 안 남았다. 새해 일출만 딱 보고 다시 집으로 가기로 부모님과 약속했기에 남은 날들을 알차게 보내기 위해 아침 일찍 출발했다. 인사동 쌈지길에 옛날에 가족과 왔는데 재밌었던 기억이 있어 다시 가게 되었다. 전통을 지킨다는 명목 때문인지 'starbucks', 'innisfree'등 원래는 영어 상표였던 가게들의 간판이 '스타벅스', '이니스프리'와 같이 한글로 적혀 있어서 신기했다. 좀 더 걸어 들어가니 '인사동 쌈짓길'이라고 적힌 간판이 나타났다. 안으로 들어가 빙글빙글 길을 따라 걷다 보니 옆에 작은 가게들에서 수공예품들을 팔고 있길래 들어가서 하나씩 샀다. 아기자기한 도자기들 같은 것들. 원래면 절대 사지 않을 법한 물건들이었지만 이런 여행에서는 즉흥적으로 기념품 하나씩 사는 거지 뭐. 돌아다니면서 간식들 몇 개 사 먹었더니 배가 안 고파서 점심 대신 그냥 카페에 들어가서 작은 스콘 하나 시켜서 먹었다. 스콘은 우유에 먹어야 하는데 우유는 안 팔 것 같아서 그냥 딸기 요거트 하나 같이 주문해서.

오후에는 익선동 골목 돌아다니면서 놀았다. 며칠간 사진을 안 찍은 것 같아서 사진도 열심히 찍었다. 겨울이라서 해가 빨리 지길래 도착한 지 얼마 안 돼서 금방 숙소로 돌아가야 했다. 아무리 재밌는 데를 가도 어두워지면 숙소로 가라고 오기 전에 한 약속 때문에. 그래도 아쉬울 것 없었다. 숙소에서 티비나 보면서 치킨 먹어야지.

04

29일, 서울에서의 마지막 날. 그리고 인천에서의 처음이자 마지막 날. 살다 살다 인천을 당일치기로 가게 될 줄은 몰랐다. 서울에서 가까워서 지하철로 도착했다. 차이나타운에서 꼭 먹고 싶었던 유니짜장을 먹으러 갔다. 티비에 나왔던 맛집이라 그런지 웨이팅이 정말 길었다. 앞에서 기다리면서 오늘 하루 계획을 다시 확인했다. 먹고, 버스 타고 송도 가서 센트럴파크에서 놀다가 저녁은 감자탕을 먹겠다고 다짐했다.

센트럴파크에 가니까 사슴이 있어서 깜짝 놀랐다. 한국 평범한 인천의 공원에서, 풀을 뜯어 먹고 있는 꽃사슴을 만나게 될 줄을 누가 알았겠는가. 평범한 공원인 줄 알았는데 수로에서 보트도 탈 수 있다고 해서 탔다. 혼자 보트 타는 사람들이 별로 없어서 조금 부끄러 웠지만 나는 혼자 기차도 타고, 국밥도 먹고, 비행기도 탔는데 뭐. 대 구 수성못에도 탄 적 없던 보트를 타니까 재밌었다. 돌아가면 수성 못에서도 오리 보트 한번 타봐야지. 이만큼 재밌을지는 모르겠지만, 가족과 함께 타면 이렇게 힘들지도 않을 것 같고 좋은 추억이 될 것 같았다. 그렇게 신나게 놀다가 기차 시간이 다 돼서 기대하던 감자탕 은 못 먹고 헐레벌떡 기차역으로 갔다. 밥은 기차 안에서 먹는 걸로.

05

인천에서 출발해 강릉에 도착했다. 마지막 차를 타고 온 거라 너 무 늦어서 도착하자마자 쓰러져 잤다. 아, 근데 진짜 강원도 춥다. 눈 도 엄청나게 온다.

12월 30일, 이제 여행 이틀 남았다. 대관령 양떼목장 꼭 한번 가 보 라고 해서 갔는데 후회 없었다. 눈이 잔뜩 내려 새하얗게 쌓인 길들 을 밟으며 지나가는데 옆에는 또 하얀 양들이 있고.. 나 혼자 검정 롱 패딩 입어서 되게 튀긴 했지만 진짜 재밌었다. 종아리까지 쌓인 눈을 내가 또 언제 볼 수 있을까. 눈을 푹푹 밟으며 걷다가 갑자기 생각이 나서 눈사람도 만들어보고 글씨도 써 보고 사진도 찍고. 그리고 내려 와선 양고기 먹었다. 양들한테 좀 미안하지만 추운 날씨에 호호 손에 입김 불어가며 먹은 따뜻한 양꼬치는 정말 맛있었다.

그러고 나선 숙소로 갔다. 인간적으로 너무 추운 날씨기도 했고 내일 일출 때문에 바닷가에 숙소를 잡아놔서 바다 구경도 할 겸 해가 떠 있는데도 숙소로 일찍 갔다. 제주도에서처럼 바닷가에 가만히 앉아 일렁이는 파도를 구경하고 싶었지만, 계속 말했듯이 부는 바람이 너무 매서워서 포기했다. 롱패딩에 귀도리에 목도리 장갑까지 꼈는데 왜 이렇게 추운 걸까. 새삼 대구가 그리웠다.

12월 31일, 한 해의 마무리, 그리고 새해의 시작의 직전. 연말에는 원래 새해 계획을 짜야지. 추운 겨울 밖에 나가긴 싫고 양떼들도 보고 왔으니까 뽕은 뽑았다 싶어서 하루종일 방 안에서 열심히 계획을 짰다. 이제 고등학생인데 공부도 열심히 하고, 운동도 좀 하고, 가족들이랑 여행도 다니고. 대충 계획 세우고 한해를 되돌아보다 보니 어둑어둑해지더라. 일몰도 보고 싶어서 시간 맞춰 나가니 이미 사람이 많았다. 옆방이었던 것 같은 낯익은 언니, 오빠가 나에게 인사를 해줬다. 혼자 왔냐, 대단하다 뭐 이런 얘기를 하던 도중 해가 지기 시작했다. 제주도에서 봤던 몽환적이고 아름다웠던 보랏빛 노을과는 달리 강원도의 해는 붉고 강렬한 빛들을 남긴 채 사라졌다. 너무 강렬해서 한동안 여운이 남아 멍하니 바라만 보다가 이따 일출 때 만나자고 옆방 언니 오빠에게 인사하곤 방으로 들어왔다.

1월 1일 새해가 밝았다. 어제와 단 하루 차이일 뿐인데 왜 이렇게 감회가 새로운지. 제야의 종 치는 것 보고 너무 졸려서 잠깐 잤다. 혹시라도 일출 놓칠까 봐 거의 한 시간마다 깨서 시간 확인했다. 여섯

시 반쯤에 해가 뜬다길래 다섯 시 반부터 나가 손 벌벌 떨면서 기다렸다. 여섯 시 십 분까지만 해도 하늘에 아무것도 안 보일 정도로 까매서 '해가 뜨긴 뜰까?' 하고 생각했다. 하지만 오 분쯤 지나니 바다 저편에서부터 빨간 빛이 올라오더니 둥그런 해가 조금씩 보이기 시작했다. 그러자 옆에 몰려 있던 사람들이 소리를 지르기도 하고, 일제히 카메라도 꺼내 들었고, 꾸벅꾸벅 졸던 아이들도 말짱히 깼는지 눈 말똥말똥 뜨고 방방 뛰기 시작했다. 나도 일출을 보는 건 처음이라 너무 떨렸고 기대되었다. 일몰은 꽤 봤었는데, 일찍 일어나는 걸 잘하지 못해서 일출은 처음이었다. 숨을 쉴 때마다 나오는 입김과 하늘이 맑아 뚜렷하게 보이는 저 해와 다 웃고 있는 주변 사람들과 한 해의 시작이 좋아서 그런가, 올해는 뭐든 잘 풀릴 것 같았다. 아, 춥다. 이제 집에 가야지.

06

어제가 끝나고 새로운 날이 밝았다. 한 해가 끝나고 새로운 일 년이 시작됐다. 이제 내 여행은 끝났고, 다시 일상으로 돌아가야 할 때이다. 이주도 안 되는 짧은 시간이었지만 그동안 학교와 학원에서 배울 수 없는 것들을 배웠고 얻을 수 없는 것들을 얻었다. 좋은 추억들도 많이 쌓았고, 새롭게 마음을 정리할 수 있는 기회도 얻었다. 그리고 집의 소중함도 뼈저리게 느꼈다. 집에 돌아갈 때 다녀왔냐고 물어보는 사람이 있다는 건, 밥을 먹을 때 같이 먹을 수 있는 사람이 있는 건 정말 행복한 일이다. 엄마는 그 소리 듣자마자 집 떠난 사이에 애어른이 됐다며 이상하다고 했다.

제주, 부산, 서울, 인천, 그리고 강원도까지. 내 짧은 여행은 끝이지만, 앞으로 무궁무진한 나의 인생 안에서 얼마나 많은 여행이 있을지 기대가 된다. 힘든 날들도 있겠지만 여행을 통해 얻은 기억들로 잘 헤쳐 나가며 한 걸음씩 나아가는 사람이 되어야지. 강서아, 파이팅!

버킷리스트: 내가 보람되는 일을 하는 것

구혜림(3학년)

★ 작가 소개 ★

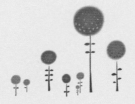

　안녕하세요. 동도중학교 3학년 구혜림이라고 합니다. 저는 사실 책을 별로 좋아하는 편은 아닙니다. 좋아하는 책은 1~2번 읽지만 관심 없는 책이면 거들 떠 보지도 않아요. 그래서 그런지 글 쓰는 게 생각보다 더 오래 걸리더라고요. 2년 동안 해왔는데도 익숙해지지 않는 느낌? 그러다 어떤 작품을 모티브로 정해서 이런 느낌으로 해야지 하다 보니 어느새 그 작품과 내용이 비슷해져 있었어요. 그래서 다시 처음부터 적느라 애썼습니다. 글을 적을 때 생각보다 노력이 든다는 걸 새삼 느꼈어요. 아직 미숙하고 서툴게 쓴 글이지만 재밌게 봐주세요.

sc#1

나는 대부분의 사람이라면 선망하고 존경하는 직업인 의사가 되었다. 나 역시 여느 의대생들처럼 히포크라테스 선서를 했다.

"이제 의업에 종사하는 일원으로서 인정받는 이 순간, 나의 생애를 인류봉사에 바칠 것을 엄숙히 서약하노라."

선서문 첫줄을 읽는 순간 진짜 끝까지 멋있고 존경받는 의사가 되어야겠다고 생각했다. 그런 마음가짐을 가지고 이 직업에 종사하였지만 지금은 모든 것이 너무 힘들고 지친다. 사실 의사가 되고 나선 다를 게 별로 없을 줄 알았다. 드라마나 만화처럼 나도 내게 오는 모든 환자를 살리고, 고칠 수 있을 줄 알았다. 그러나 현실을 정말 차원이 달랐다. 의대에 합격하고 나면 졸업이라는 또 다른 언덕이 나를 기다리고 있었고 그 언덕을 넘으면 의학대학원이라는 언덕이 나를 기다렸고 나는 계속 언덕을 넘어야만 했다. 그렇게 정상에 도착하나 싶었지만 그곳에서 정작 나를 기다리는 것은 부정적인 것들뿐이었다. 눈앞에서 환자의 죽음을 지켜볼 때마다 의사로서 환자를 살리지 못한 죄책감, 무력감, 그리고 허무함이 나를 괴롭게 만들었다. 우리가 드라마에서 보는 것처럼 의사들이 철저히 냉정함을 유지하는 것은 결코 죽음에 익숙해서 무뎌져서 그런 것이 아니다. 의사도 사람인지라 죽음은 두려움의 대상이다. 하지만 그것에 계속 머무르고 연연한다면 더 큰 피해가 생길지도 모른다. 그렇기에 의사들은 감정을 비워내도록 노력해야 한다. 하지만 가끔 너무 힘들어서 버틸 수 없을 때는 화장실에서 쭈그리고 앉아 숨죽이며 울곤 한다. 혹시나 죽은 환자들이 날 원망하지 않을까. 내가 조금 더 대단하고 유능했다면 살릴 수 있었을까…….

중학교에서 기말고사를 실수로 한 개를 틀리는 것은 문제가 되지 않는다. 하지만 지금의 나는 한 번의 실수로 한 사람의 삶과 꿈이 날아갈 수도 있기 때문에 더욱이 신중해야 한다. 의사는 사람을 살리기 위해 존재하는 직업인데, 살리지 못하는 내가 쓸모없다고 생각했다. 그런 일이 있었던 날은 쉽게 잠들 수 없다. 잠들 수 없는 게 아니라 잠에 들면 안 될 것만 같았기 때문이다. 그런 생각들은 점점 더 나를 갉아먹었다.

이렇게 보니 의사라는 직업은 생각했던 것보다 훨씬 더 어깨가 무거운 것 같다.

sc#2

평소와 같이 환자들 진료를 보고 있었다.

'띠리리리링– 띠리리리링'

알람이 울렸다.

'아 벌써 4신가. 빨리 가야지'

진료를 마저 끝낸 후 서둘러 발걸음을 옮겼다.

"진예림, 어디 가?"

"나 예진이 보러 감!"

예진이는 우리 병원에서 2~3년 전에 수술을 받았던 아이다. 2년 반 전쯤 가슴뼈 쪽에서 고통을 호소하면서 진단을 받았고 결과는 선천성심장병이었다 그리고 나에게 성공적으로 수술을 받았다. 그땐 내가 막 레지던트가 되었을 때인데, 수술을 성공했다는 것이 나에게도 뿌듯하고 스스로 대견한 기억으로 남아 있다. 예진이는 심장병 수술을 받은 이후 정기적으로 병원에 들러 검사를 받고 있었다. 예진이를 볼 때면 정말 기분이 좋아진다. 내가 살린 환자여서 그런지 예진이가 씩씩하게 인사를 하거나 사소한 행동을 하는 것에서도 뿌듯함을 느끼게 되었다. 이게 내가 의사를 포기하지 않는 유일한 이유이다. 하루 종일 환자를 진료하면서 반복되는 일상에 지칠 때도 많지만 그만큼 뿌듯함도 크고 행복하다.

그런데 예진이가 정기검진이 날이 아닌데 병원에 왔다. 불안한 마음에 가슴이 철렁해서 달려가 얘기를 들어보니 일주일 전부터 수술 자국 위쪽 가슴뼈 부분에서 통증을 느껴왔다고 했다. 혹시나 예전에

했던 수술이 잘못된 것이 아닐까 하고 불안하고 초조했다. 예진이 검사결과가 나올 때까지 불안해서 계속 손톱을 물어뜯었다. 피가 날 때까지. 다행히 내 염려와는 달리 일시적인 증상이었다.

피가 나는 손톱에 밴드를 붙이며 생각했다.

'뭐가 그렇게 안달나는 거지. 지친다'

아무래도 나는 의사랑 안 맞는 것 같다.

sc#3

오늘도 역시 응급실에는 응급환자로 가득 찼다. 바쁘게 응급환자를 치료하고 밥을 먹으려고 할 때였다. 고등학교 1학년 때 반에서 가장 친하게 지낸 친구에게서 같이 밥을 먹자고 연락이 왔다. 유난히 바쁜 오후였기에 거절을 하려던 찰나 당직과 여러 번의 수술로 인해 피폐해진 나의 몰골은 본 동료들이 자기들이 나머지는 알아서 해줄테니 오늘은 그만 가라고 했다. 그래서 나는 급한 수술 하나만 끝내고 식당으로 갔다.

"야 왔어?? 바쁜 의사선생님 내가 발목 붙든 거 아닌가 몰라~ 요즘 뭐하고 지내?"

"나야 뭐 항상 바쁘지, 환자 돌보고 진료하고 수술하고 맨날 똑같아 그러는 넌 어떻게 지내?"

"동화작가인 내가 너랑 비교가 될진 모르겠지만, 나도 마감하느라

바쁘다. 그래도 막 거리 지나가다가 서점에서 내 책 사가는 엄마들
보면 막 설레고 뿌듯하고 좋더라."

바쁜 듯 여유 있는 친구의 삶이 부러웠다.

"떡볶이 오랜만에 먹으니까 완전 좋다, 그치~"

"응! 완전! 오늘 완전 힘들었는데 싹 가시는 기분~"

"오늘 환자 많았어?"

"어. 그것도 그렇고 또… 아니다 빨리 먹자."

"흠… 나 오늘 니네 집에서 자고 간다?"

"그러던가."

집에 도착하자마자 옷을 훌러덩 벗어던지고 우리는 냉장고에서 맥
주 한 캔씩 들고 와 티비를 켜고 작은 테이블 앞에 앉아 조용히 오
늘 하루를 얘기했다.

"야, 너 말해 봐. 솔직히 무슨 일 있지?"

"일은 무슨 일… 그런 거 없어."

"내가 너 한 번 두 번 보냐. 너 탓하지도 더 묻지도 않을 테니까 그
냥 말해"

나는 그간 있었던 일을 말했다. 의사라는 직업이 너무 무겁고 견디
기 힘들다는 것, 내가 나 스스로를 미워하고 괴롭게 만드는 것 그리
고 그만두고 싶다는 것.

친구가 당황하는 기색을 보였지만 크게 숨을 들이 마시더니 차분
히 이야기하기 시작했다.

"예림아, 그만하고 싶으면 그만해도 돼. 충분히 열심히 살았잖아.

하지만 그전에 한번 생각해 봐. 너 진짜 그만하고 싶은 거야? 아니면 지금 이 순간이 너무 힘들어서 도망치는 거야? 내가 볼 때는 너 이 직업 충분히 좋아해. 네가 평소에 나한테 예진이 얘기하는 것만 봐도 알 수 있어. 도망치는 건 좋은 선택이 아니야. 그리고 만나는 환자마다 다 살릴 수 있다면 죽는 사람이 왜 있겠어. 의사가 마법사도 아니고. 넌 너의 자리에서 네가 할 수 있는 최선을 다했어. 그리고 조금은 투정해도 돼. 사람이 완벽할 순 없잖아. 너로 인해 도움 받았던 사람들이 더 많으니까 괜찮아. 고생했어, 예림아."

작가 아니랄까 봐 말 하나는 예쁘게 한다.

"진짜… 눈물나게 할래?"

"그게 내 직업이잖아. 감동적인 엔딩을 쓰는~"

금새 능청스럽게 구는 친구의 말에 웃음이 났다.

"일단 잠시 휴가 좀 내야겠다. 너무 지쳐서 안 되겠어."

"그럼 같이 해외여행이나 가는 거 어때? 머리도 식히고 맛있는 것도 먹고."

"그럴까? 좋은 생각인 듯!"

우리는 밤새 놀러갈 계획을 세우며 떠들다 잠이 들었다.

-다음 날 아침-

병원에 휴가를 내고 집으로 돌아오는 길이었다. 이렇게 편안하게 오후를 즐긴 게 언제였더라. 늘 바쁜 응급실에만 박혀 있다 보니 꼭 다른 세계에 있는 것 같았다. 같은 세상 속에서 이렇게나 차이가 나다니 정말 불공평한 것 같다는 생각을 하면서 길을 터벅터벅 걷고 있다 나무뿌리에 걸려 넘어졌다. 다 큰 성인이 넘어질게 뭐람. 부끄러워 얼굴을 가리고 있었는데 누가 다가와 괜찮냐고 물어봤다. 목소리만 들어선 익숙한 게 병원에서 본 것 같고 또 어린아이인 것 같아 얼굴을 들어 확인했는데 다름 아닌 예진이었다.

"예진아, 여긴 무슨 일이야?"

"저 학교 마쳐서 집으로 가는 길이에요."

예진이는 주머니에서 곰돌이 모양 밴드를 꺼내 나에게 붙여주며 말했다. 피가 나는 줄도 모르고 있었다.

"의사 선생님이라 안 다칠 줄 알았는데 선생님도 다치네요."

"예진이가 선생님 치료했으니까 예진이도 의사 선생님인가?"

"진짜요? 내 꿈이 선생님 같은 의사 선생님 되는 건데 벌써 됐다!"

왜 나처럼 의사가 되고 싶냐고 물어봤다.

"선생님이 저 살려준 것처럼 저도 사람을 살리고 싶어요!"

당찬 예진이의 모습에 미소를 지으며 머리를 한 번 쓰다듬어 주고 집으로 들어갔다. 아닌 척했지만 기분이 좋았다. 내 스스로가 자랑스러웠다.

sc#4

"야… 너 빨리 안 와?"

"어제 드라마보다가 늦게 자서. 비행기 시간까지 여유 있잖아~"

"하… 이번만 봐준다."

"고마워~"

오늘은 친구랑 같이 여행을 가기로 한 날이다. 해외여행은 시차를 고려해 좀 더 여유 있을 때 가기로 하고, 멀지도 않고 풍경도 좋은 제주도로 가기로 했다.

비행기를 타고 제주도에 도착해서 일단 느긋하게 잠을 잤다. 다른 곳에서 자서 그런지 잠도 더 새로운 느낌이었다. 조식을 먹고 용지봉으로 가서 사진을 찍었다. 이동하면서 천혜향이랑 한라봉도 까서 먹고 예진이에게 줄 선물도 샀다.

호텔로 돌아와 수영복으로 갈아입고 수영장으로 달려 들어갔다. 진짜 좋았다. 그렇게 한 시간 정도 물에서 놀다가 잠시 쉬려고 썬베드에 누워 있었다. 그때 수영장이 갑자기 소란스러워졌다.

"뭐야, 무슨 응급실인 줄."

"무슨 사고 난 거 아냐? 가 보자."

그렇게 친구와 다가간 그 곳에는 외국인 한 남자가 쓰러져 있었다. 나는 본능적으로 그 남자에게 다가가 남자를 흔들며 물었다.

"저기요. 저기요. 혹시 들리시면 눈을 두 번 깜빡여 주세요."

그 남자는 들리지 않는지 눈에 초점이 풀린 채로 있었다. 옆에서 그 외국인 남자의 친구로 보이는 사람이 말을 했다.

"저… 제 친구가 물에 뛰어 들어갔는데 갑자기 몸을 떨더니 쓰러졌어요."

"일단 구급차를 불러주세요 빨리요!"

나는 남자의 가슴에 귀를 갖다 대고 심장소리를 들었다. 심장 뛰는 소리가 들리지 않았다. 남자의 명치 한 부분에 한 손을 올리고 그 위에 또 다른 한손을 올려 cpr을 시작했다. 8번 정도 반복할 때 즈음, 남자가 다시 호흡하기 시작했고 구급차가 마침 도착해 남자를 실어 갔다. 큰 상황이 지나고 나자 다리에 힘이 풀려 주저앉았다.

옆에 있던 사람들이 내 손을 잡아 일으켜주었다.

"수고했어요. 아가씨."

"대단해요."

모두들 나에게 박수를 쳐주었다. 그들에게 인사를 한 후 마무리를 하고 숙소에 들어가 침대에 누웠다.

"야, 너 아까 대단하더라. 역시 대한민국 의사 어디 안가네~"

"아 뭐래. 명색이 레지던튼데. 이 정도로 뭘."

맞다. 나 같은 레지던트에겐 흔하게 볼 수 있는 일이다. 하지만 최근 너무 지쳐서 그런지 아니면 너무 당황해서 인지 인턴 때로 돌아간 듯 설레고 뿌듯했다. 내 손을 보니 계속 그 장면이 떠올랐다.

"입이 귀에 걸리겠다. 그렇게 좋으면 그냥 계속 해~ 니 적성에 딱 맞구만."

친구의 짧은 한 마디가 내가 결정짓도록 도와줬다. 그때였다.

'띵동~'

호텔에서 시킨 음식이 도착했나 해서 문을 열었는데 문 앞에는 내가 살렸던 외국인 남자가 서 있었다. 그 남자와 친구는 나에게 감사하다는 말을 전하기 위해서 카운터에 물어 우리의 방 앞으로 찾아왔다는 것이다. 나는 당연히 해야 할 일이었다며 눈웃음 지었다. 그 남자는 과일을 건네며 답례라고 한 후 친구와 자기네들의 방으로 들어갔다.

"뭐래?"

"고맙다는데?"

"기분 좋아 보인다?"

"무척."

여행이 끝난 후 난 병원으로 돌아왔고, 나의 일을 다시 시작했다. 비록 힘들지라도 내가 뒤를 돌아봤을 때 나를 도와줄 사람들이 많으니까.

2325년 대한민국

성시윤(2학년)

. . . . . .

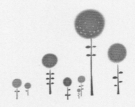

　안녕하십니까. 저는 동도중학교 2학년 성시윤입니다. 저는 2006년 대구에서 태어나 지금까지 쭉 대구에 살고 있고, 2018년에 경동초등학교를 졸업했습니다. 작년에도 도서부 활동을 통해 책을 써서 출판까지 해본 경험을 갖고 있습니다. 이번에는 SF소설을 써 보았는데요, 이 주제를 선택한 이유는 일반상대성이론에 대한 책을 읽고 블랙홀의 중력에 의한 타임워프 현상을 소재로 글을 써 보고 싶었기 때문입니다. 책을 쓰는 것은 정말 재미있는 경험이었습니다. 재미있게 즐겨주셨으면 좋겠습니다.

"쾅!"

굉음과 함께 나는 6번 모듈에서 깨어났다. 모듈 전체가 빙글빙글 돌고 있다. 무슨 일이지? 나는 창밖을 바라보았다. 거대한 우주선의 본체가 보였다. 뭐지? 설마 우주선에서 분리된 건가?

당혹감을 감추지 못한 채 본체로 가는 문을 열려고 했다. 경고음이 울렸다.

"본체에 도킹 실패. 본체에 도킹 실패. 문을 열 수 없습니다."

곧장 조종석으로 가서 우주선과 도킹을 시도하려고 했다. 그런데 우주선이 사라지고 없었다. 또 경고음이 울렸다.

"블랙홀과 너무 가깝습니다. 블랙홀과 너무 가깝습니다."

잠시 기절했다 깨어나 상황을 돌이켜보았다. 아마 우주선은 블랙홀의 중력을 이용해 가속을 하려고 하다가 너무 가까이 접근하는 바람에 6번 모듈이 찢겨버린 것 같다. 나는 숙달된 조종 실력으로 우주선을 블랙홀로부터 최대한 멀리 꺼냈다. 모듈이 하나의 작은 우주선이라는 게 다행일 따름이었다. 식량도 조금 있었다. 한 3년은 버틸 수 있을 것 같다. 지도를 보니 태양계까지 2년 반이면 갈 수 있을 것 같다. 목적지를 지구로 설정해 놓고 오토파일럿을 켠 후 나는 어떻게 해야 살 수 있을까 하고 고민하기 시작하였다.

2년하고도 6달 후, 지구가 눈에 들어왔다. 그동안 머리와 수염을 못 깎은 나는 침팬지 같은 꼴이 되어 있었다. 일단 바다로 착륙해야겠다. 대기권에 진입하자 뜨거운 열기가 모듈을 감싼다. 낙하산이 펼쳐지고 나는 바다에 안전하게 착륙했다.

30분 후, 배 하나가 나를 향해 오는 것을 알 수 있었다. 배가 정말 빠른 거 같다. 내가 우주에 있는 동안 지구에서는 과학 기술이 엄청나게 발달했구나. 갑판 위에서 군인들이 나에게 총같이 생긴 이상한 물건을 겨누며 말했다

"찾았습니다."

육지에 도착한 후 나는 바로 차에 태워졌다. 창문은 모두 막혀 있어 밖을 볼 수가 없었다. 갑자기 수직 방향으로 가속도가 느껴졌다. 뭐지? 왜 차가 나는 거 같지? 우주에 너무 오래 있어서 그런가? 나는 밀폐된 방으로 안내되었다. 방 안에는 검은 정장을 입은 남자가 있었다. 남자가 나에게 악수를 청했다.

"안녕하십니까? 국가기밀정보부의 장인태 요원입니다."

"아, 안녕하십니까? 저는 여기에 왜 온 거죠?"

"갑자기 하늘에서 한 300년 전 우주선을 타고 떨어져서 그렇습니다."

"300년이요? 저 우주선은 나온 지 많아봤자 5년쯤 됐을 텐데…."

"2030년에 나온 UD-S64 모델 맞죠?"

"아니요. UD-V64일걸요."

"그런가요? 제가 착각했군요."

"지금이 2035년인가요?"

"아니요. 2325년입니다."

"말도 안 되는 소리, 우주선 시계에는 2035년이라 찍혀 있었는데요?"

"시계가 고장났겠지요"

"아닌데요. 원자시곈데요."

"아니, 어쨌든. 지금 2325년에 왜 2030년에 나온 300년 정도 된 우주선을 타셨냐구요."

"설마…."

"제가 물었으면 대답을…."

그 다음 말은 들리지 않았다. 설마 블랙홀 때문에? 그 근처에서 얼마 있지도 않았는데 블랙홀의 중력 때문에 시공간이 뒤틀어져서 이렇게 된 건가? 아무리 그렇다 하더라도 설마 300년이 지났겠어. 블랙홀이 엄청 크긴 했는데… 태양 질량의 786억 배니까……

"저기요? 저기요? 제 말 듣고 있죠?"

"아니요. 잠시 다른 생각을 하느라…."

"사람이 말을 하면 좀 들으세요. 그래서 왜 하늘에서 갑자기 떨어지셨습니까?"

"그…. 아니 그보다 일단 당신 소개부터…."

"악수할 때 이름 말했잖아요! 장인태라고."

"그랬어요? 그래서 뭘 말하려고 했지 내가?"

"어떻게 해서 동해로 불시착하게 되었는가에 대해서 말하려고 했지 않았을까요?"

"아, 맞다. 그랬지 참."

나는 장인태에게 내가 겪었던 일들을 빠짐없이 꼼꼼하게 말했다. 장인태의 표정이 점점 어두워져갔다.

"오늘은 이만하면 된 거 같네요. 일단 저기 숙소에 면도기도 있고 칫솔도 있고 다 있으니까 그리로 가세요. 머리는 내일 깎든지 하구요."

"아니 아직 얘기를 반밖에 못했는데…."

"이게 반이라고요? 5시간동안 얘기한 게?"

"제가 5시간이나 말을 했나요?"

"내일 와서 마저 들을 테니까 일단 숙소로 가세요."

나는 일어나서 장인태가 가리키는 방향으로 갔다.

"잠깐, 제일 중요한 걸 안 물었어요. 이름하고 나이하고 그런 거요."

"제 이름은 이정우고요, NASA의 우주비행사입니다. 생일은 6월 4일이고."

"몇 년 6월 4일이요?"

"2006년이요."

"네 알겠습니다. 성별은 남자죠?"

"네."

"알겠습니다. 이제 숙소에 들어가서 쉬시면 됩니다."

"머리 오늘 깎으면 안 돼요?"

"숙소 옆에 보면 목욕탕이 있는데 거기 이발소가 있거든요? 거기로 가시면 됩니다."

나는 이발소에 가서 머리를 자른 뒤 숙소로 돌아가 바로 누웠다. 침대에 누운 게 얼마 만이냐……. 생각도 잠시, 곧바로 잠에 빠져들었다.

다음 날, 어제처럼 장인태에게 남은 이야기를 해주었다. 장인태는 이야기를 다 듣고는 바깥 구경을 시켜준다고 하였다. 나는 장인태를 따라 밖으로 나갔다. 눈부신 햇살이 나뭇잎 사이로 들어왔다. 하늘에는 자동차가 날아다니고 있었다. 뭐야, 자동차가 진짜 날아다니네? 빼곡한 빌딩 숲 사이에 큰 공원이 하나 있었다. 거기서 아이들은 뛰어놀고 있고 어른들은 치킨과 맥주를 시켜서 먹고 있었다.

"저기 있는 튀김이 이제 치킨이라는 겁니다. 우리나라의 전통음식이죠."

"저건 나도 알아. 나도 저거 많이 먹었어."

어느 순간부터 그냥 자연스럽게 말을 놓게 되었다.

"일단 저기 보이는 저 타워가 83타워라고, 대구의 스카이라인을 한눈에 관람할 수 있는 곳입니다."

"뭐야, 여기 대구야? 서울 아니었어? 그리고 83타워는 모양이 왜 저래?"

"그게 무슨 소리죠? 83타워를 다시 지은 게 한 20년쯤 됐다고 해도 그래도 괜찮은데….."

"허물고 새로 지었어? 83타워를?"

"네. 한 10번 정도 새로 지은 걸로 알고 있어요."

"그런데 대구가 이 정도면 수도인 서울은 완전히 멋있어졌겠네."

"여기가 수도인데요?"

"여기가 왜 수도야. 말도 안 되는 소리. 대구가 지형적으로 뭐가 좋다고."

"제 2차 한국전쟁 당시 서울이 핵을 맞아서 초토화가 된 이후로 계속 여기가 수도예요."

"제2차 한국전쟁? 핵? 그럼 통일됐어? 이제 군대 안 가?"

"군대는 모병제라서 원래부터 가고 싶은 사람만 갔는데요? 통일된 지는 벌써 150년이 넘었고."

"야, 근데 왜 너네는 스마트폰이 없냐."

"스마트폰이요? 아 그… 그 네모나게 생겨서 전화하는 거요?"

"어. 원래 다 걸으면서 스마트폰 하다가 차에 치여서 죽고 이랬는데."

"그걸 왜 써요? 스마트렌즈 있잖아요. 눈에 넣는 거. 그러면 홀로그램이 눈앞에서 인터넷 검색도 하고 전화도 하고 하는데."

"그게 뭐야. 그런 게 있어?"

"저도 지금 끼고 있어요. 되게 편해요. 제건 요번에 애플에서 나온 iLenz 12라서…."

"나도 하나만 줘봐."

"그거 개통해야 쓸 수 있어서 조사 다 끝나고 사세요."

"조사는 언제 다 끝나는데."

"한 달쯤?"

＊＊＊

한 달 뒤, 조사를 다 마친 나는 이제 마음대로 살 수 있게 되었다.

"저기, 이정우 씨."

"왜."

"부탁이 하나 있는데…."

"뭔데."

"혹시 2030년에 살았던 사람으로서 연구에 참여해 줄 수 있나요?"

"그게 무슨 소린데?"

"제가 아는 교수님이 21세기의 한국을 연구하는 데 저한테 도와 달라고 해서요."

"오케이. 알았어. 그러면 언제 가면 되지?"

"지금이요."

차를 타고 부산으로 갔다. 거기서 박수빈 교수를 만날 수 있었다. 박수빈 교수는 50대쯤 되어 보이는 여성이었다.

"교수님, 이쪽이 그 2030년에서 온 사람입니다. 이정우 씨, 이분이 박수빈 교수님이십니다."

"아, 자네가 이정우인가? 장인태가 말하던 꼰대?"

"네?"

장인태가 내 눈길을 피했다.

"그래서 저는 뭘 하면 될까요 교수님?"

"우선 자네에게 뭘 좀 물을 거야. 21세기 초반 한국의 문화에 대해서."

나는 3달 동안 21세기 초반 한국의 문화에 대해서 설명했다.

"그런데 교수님, 과학 기술에 대한 자료나 정보들은 어디에 있죠?"

"중앙도서관에 있을 거야."

"전자책이나 논문 파일 같은 건 어디서 보는 거죠?"

"그런 건 절대 파일로 안 만들어."

"왜요? 책으로 돼 있으면 불편하잖아요. Pdf 파일이 편한데…"

"pdf 파일은 복사나 공유가 쉽잖아. 그런데 어떻게 파일로 만들어."

"복사나 공유가 쉬우면 안 되나요?"

"그러면 저 밑에 애들이 기어오르잖아."

"네?"

"장인태가 말을 안 해줬나? 민주주의는 말뿐이라는 거."

"그게 무슨…."

"선거권이 모두에게 주어진다고 해서 모두가 평등하지는 않아. 언론과 교육만 통제하면 국민은 마음대로 다스릴 수 있으니까. 그리고 돈이 없으면 아무리 능력이 뛰어나도 성공을 못해."

"그래도 성공할 수 있는 방법이 있지 않을까요?"

"아니. 21세기 초에는 있었을지 모르지. 장인태가 자네에겐 빈민촌은 보여주지 않았나?"

"빈민촌이요?"

"거기 사는 사람들은 평생 자동차나 전자 기기를 접하지 못한 채 살아가. 그쪽에는 열차도 안 지나가. 도로도 없어."

"그러면 어떻게 살아요?"

"농사지으면서 살지. 원시인들처럼. 고기는 사냥해서 먹고."

"그럼 정부에서는 왜 아무것도 안 해요?"

"그들은 그저 선거할 때만 필요하니까. 정부에게 그들은 개돼지 그 이상도 이하도 아닌 존재야."

"이정우 씨!"

장인태가 부르는 소리가 들렸다.

"저는 이제 가볼게요."

차를 타고 가며 장인태에게 물었다.

"빈민촌은 어디 있어?"

"네? 빈민촌이요? 거길 굳이 왜 가려고. 거기는 너무 치안이 안 좋은데….'

"그냥 위에서 보기만 하면 안 되냐?"

"그럼 잠깐 드라이브하듯이 갔다 오겠습니다."

"근데 왜 다들 나한테는 이렇게 잘해 주는 거지?"

"그건 이정우씨께서 과거에서 온 귀중한 사료라서 그렇죠."

"그럼 그냥 고려청자 같은 그런 존재란 말인가?"

"그런 셈이죠."

"그렇다면 내가 보는 것들은 다 가장 잘사는 사람들의 전유물인가?"

"그렇죠. 그리고 여기가 빈민촌입니다."

완전 산기슭에 집 열다섯 채 정도가 지어져 있었다. 지붕은 짚을 엮어서 만들었고 벽은 흙으로 만들었다.

"이 사람들은 밖에 어떻게 돌아가는지 알아?"

"신문이랑 뉴스를 보니까 알죠."

"여기서 밖으로 나갈 수 있어?"

"택시를 부르면 되죠."

"저 사람들은 전화기 없다면서. 그러면 택시를 어떻게 부르는데."

"못 부르죠."

"그러면 못 내려오는 거잖아."

"걸어서 내려올 수는 있어요. 중간에 호랑이에게 물려 죽을 수도 있지만."

"호랑이가 왜 있어. 멸종되었잖아."

"복원된 지 200년이 넘었는데요."

빈민촌을 나와서 다시 숙소로 돌아갔다. 사회의 가장 낮은 층에 속하는 사람들. 그들이 사는 모습을 보니 마음이 편치 않았다. 사실 나도 옛날에 엄청 가난했었다. 그렇지만 열심히 공부해서 국비 장학금으로 미국으로 유학을 하러 가서 거기서 NASA까지 들어가게 되었다. 이 사람들이 못사는 이유가 지식과 정보가 부족해서 그런가. 내일 도서관에 가봐야겠다.

다음 날, 나는 아침 일찍부터 도서관에 갔다. 거기서 빈민촌 사람들에게 가장 도움이 될 만한 걸 찾았다. 〈총기 제조법과 사용법〉이란 책이었다. 아마 사냥을 할 때 도움이 될 거 같다. 또 농사법에 관한 책도 하나 찾았다. 〈과학적으로 농사짓자!〉라는 책이었다. 나는 아무도 보지 않을 때 두 책을 재빠르게 스캔했다. 그리고 다시 숙소로 돌아와 공용 프린터에서 책 스캔본을 출력했다.

책상 위에 장인태의 차 키가 보였다. 그걸 들고 자동차에 타서 시동을 걸었다. 그리고 우주선을 조종하듯이 조종하여 빈민촌으로 날아갔다.

빈민촌에 착륙하여 내리니 빈민촌 사람들이 모여 있었다. 그들의 눈에는 경계심이 가득했다. 몇몇은 창을 들고 있었다.

"너, 누구!"

"저는 여러분께 좋은 것을 알려주려고 왔습니다."

"너, 적, 아니다?"

"저는 여러분들의 적이 아닙니다. 여기 이걸 보세요. 제가 여러분들을 위해 농사법과 총기 제조법을 알아 왔습니다."

"이거, 종이."

"글씨, 못 읽는다."

"그림, 예쁘다."

"민수! 음식, 가져와라."

"알겠다, 족장!"

빈민촌 주민 하나가 밥상을 가지고 왔다. 보리밥과 김치였다. 나는 그들과 함께 밥을 먹었다. 그들은 정보가 모자라서 못사는 게 아니었다. 그저 이렇게 사는 거에 익숙해져서 여기서 벗어날 수 없을 뿐이다. 나는 그들에게 작별 인사를 하고 다시 돌아왔다.

다음 날은 장인태와 밥을 먹기로 한 날이었다. 11시에 만나서 와규 스테이크 먹으러 가기로 했었다. 그런데 장인태가 보이지 않았다. 장인태의 후배인 진주명이 마침 눈에 들어왔다.

"저기, 혹시 장인태 후배 진주명?"

"네, 맞아요. 그쪽이 그 2030년에서 온 사람 맞죠?"

"혹시 장인태가 어디 갔는지 알아?"

갑자기 진주명이 식은땀을 흘리기 시작하였다.

"장… 장인태요? 장인태가 누구죠?"

"네, 선배라며."

"아니 장인태란 사람은 애초에 존재한 적이 없어요"

"무슨 말도 안 되는 소리야"

"장인태란 사람은 처음부터 존재한 적이 없어요. 아시겠어요?"

"아니…."

진주명이 나를 구석으로 끌고 가서 귓속말로 말했다.

"반역죄로 잡혀갔어요."

"왜?"

"빈민들에게 책 스캔본을 나눠줬대요."

나는 뭔가가 잘못되었다는 것을 알았다.

"그래서 잡혀갔다고?"

"네. 아니, 명심하세요. 장인태란 사람은 존재하지 않아요. 전 이제 가봐야 해요. 할 일이 있어서."

진주명은 빠른 걸음으로 시야에서 사라졌다. 장인태는 내가 한 짓에 누명을 쓴 것이다. 빨리 장인태가 한 짓이 아니라고 해야 하는데…. 그런데 장인태가 한 게 아니면 내가 죽잖아.

나는 결국 장인태를 살리는 것을 포기했다. 살 사람은 살아야지. 하지만 죄책감이 몰려드는 것은 막을 수 없었다. 장인태가 그랬다. 여당이 지금 100년 동안 계속 여당이었다고. 그 이유를 알 것 같다. 여당에 반대하는 자는 모조리 다 '삭제'되었다. 멍청한 사람들은 교육과 언론을 통해 사고력을 상실한다. 똑똑한 사람들은 여당에 붙어 높은 자리에 오르거나 여당에 반대하여 '삭제'된다. 그렇다면 여당에 저항할 수는 없을까? 불가능하다. 거리마다 설치된 카메라가 사람들의 얼굴을 인식하여 누가 어디서 뭘 하는지 다 아는 세상, 개인 정보 따윈 없는 세상에서는 저항할 방법이 없다.

순간 머릿속을 스치는 생각에 그대로 굳어버렸다. 그렇다면 내가 장인태의 차를 타는 것도 찍혔을 텐데… 설마 장인태는 원래 제거 대상이었고, 그 다음 제거 대상은

나?

자소서, 그녀의
인생을 담다

정혜원(2학년)

•
•
•
•
•

현재 동도중 2학년에 재학중이고 본교 책쓰기 동아리에 소속되어
있다. 스포츠가 있어서 즐거운 15살 소녀이다. 세상에서 일어나는
일들에 관심이 많아서 뉴스도 자주 챙겨 보고 주변을 관찰하는 것을
좋아한다. 새로운 것을 찾고 도전하는 것을 특별히 좋아한다. 평소
에 아재개그도 즐겨 책에 유머러스한 부분들을 많이 넣었다. 말하는
것을 쓰는 것보다 좋아하며, 작년에 저술한 '악필 모범생'에 이어서
벌써 두 번째 책 '자소서'를 쓰게 되었다.

청소년들의 공통된 고민들 중에 학업 외에 진로가 큰 부분을 차
지하고 있는 것 같다. 당장 앞일도 잘 예상이 안 되는데 5년, 10년
뒤 미래는 더 불확실한 느낌이다. 그래서 나도 진로를 고민하면서
이 책을 쓰게 되었다. 나의 많은 꿈 중 하나가 스포츠 기자여서 조금
더 자세히 알아보고 싶었다. 그리고 요즘 청소년들이 자신들의 의지
와 상관없이 장래희망을 정하고 부모님이나 타인의 기대에 부응하
기 위해 공부를 하는 것 같은 안타까움을 느꼈다. 청소년들의 장래

희망이 단일화되고 비슷해지는 것 같아 이 책이 자신이 진정 좋아하는 일을 찾을 수 있는데 도움이 되었으면 한다. 스포츠 기자를 소재로 이 책을 썼지만 그와의 별개로 주인공이 자신의 꿈을 찾고 노력하는 과정들에 관심을 좀 가지고 읽어주면 좋겠다. 어느 직업이든 어떤 일을 성취하기 위해서는 열정, 끈기, 노력이 정말 중요한 거니까.

　스포츠 기자를 특별히 책 소재로 고른 이유는 평소에 스포츠를 좋아하고 관심이 많아서 고르게 되었다. 이 책의 시현이는 나를 생각하면서 썼는데 시현이를 통해서 시현이와 나 둘 다 같이 성장할 수 있었던 것 같다. 긴 분량을 쓰느라 비록 좀 힘들긴 했지만 이 책을 쓰면서 스포츠 기자에 대한 배경지식도 쌓게 되어서 더 많은 뜻깊은 시간이었다.

프롤로그

딱 보는 순간 이 친구다! 라고 생각이 든 유일한 지원자, 처음부터
내 마음의 원 픽이다. 지금까지 이런 재밌는 자소서는 없었다. 그 친
구의 자소서는 솔직 담백했다. 그 친구는 지금 나의 직장 동료이자
나의 베프이다.

1부. 꿈을 향한 여정

장래희망

"내일까지 생기부에 적을 장래희망 생각해와."라고 우리반 담임, 닭꼬치가 말씀하셨다.

반 아이들은 모두 한마음인 듯 "네."라고 답했다. 휴, 어떡하지? 한숨밖에 나오지 않는다. 나는 초등학교 5학년 때도 똑같이 꿈을 적어야 했다. 그때도 꿈이 없어 그냥 회사원이라고 적었다가 엄마한테 등짝 스매싱을 맞은 적이 있다. "무슨 꿈이 회사원이며, 내가 너 회사원 되라고 지금 공부시키냐, 의사, 판검사 되라고 시키지 이놈아." 라며 고래고래 고함을 지르신 기억이 아직도 아른아른 거린다. 대기업 회사원이 되는 것도 힘든데 말이다. 그후로 나에게는 꿈 공포증이 생겼고 꿈을 적어야 할 때 그냥 반사적으로 '의사'를 적곤 했다. 사실 나는 '의사'라는 직업은 좋지도 않고 싫지도 않다. 워낙 엄마, 그리고 주변 애들이 다 의사 의사 하니까 나도 거기에 눌리지 않으려다 보니 의사가 나의 보여주기 '장래희망'이 되었다.

나는 정말로 평범한 중학생이다. 공부도 평균 이상으로 하고 교우관계는 원만하고 단 한 가지 고민만 있다면 오늘처럼 장래희망에 관한 것이다. 장래희망은 그냥 장래에, 미래에 하고 싶은 일 아닌가? 나는 그저 장래에 건강하게 잘 살고 싶다. 건강하게 잘 살려면 돈을 벌어야 영양섭취도 하고 쾌적한 주거환경에 살 텐데… 나는 돈 많은 백수가 되고 싶다. 현실적으로는 불가능한 이야기니까. 아아, 머리가 아프다. 그놈의 장래희망은 뭐라고 나를 힘들게 하는지 모르겠다. 남은 하루는 단 1일, 내가 진정으로 되고 싶은 것은 무엇일까?

대한민국 VS 독일

집에 돌아와서도 장래희망밖에 생각이 안 났다. 엄마한테 물어봐도 전혀 도움이 되지 않을 것이다. 100% 의사 적어야지라고 할 것이 안 봐도 뻔하다. 이번에는 나의 진짜 장래희망을 적고 싶다. 공부하기는 싫고, 머리는 그놈의 '장래희망' 때문에 아프고, 그냥 TV를 켰다. 아무것도 하기 싫을 때 아무 생각 없이 TV를 보는 것이 제일인 것 같다. 어떨 때는 바보상자가 꼭 필요하다고 생각하는 입장이다. TV를 켜니까 마침 대한민국과 독일의 축구경기가 진행되고 있었다. 아, 맞다. 오늘 월드컵 본선 조별리그 마지막 경기지. 나는 사실 축구를 정말 좋아하는데 지난 경기들을 아쉽게 져서 이번 월드컵에 대한 기대가 줄어들었다. 현재 스코어는 0:0이다. 시간을 보니까 벌써 후반 45분이었다. 비기겠네. 0:0으로 비겨도 우리나라가 디펜딩 챔피언이랑 붙은 것인데 꽤 선방한 것 같다. 추가 시간이 시작되고 채널을 막 돌리려는 참에 화면 넘어서 함성소리가 들려왔다.

"대한민국이, 대한민국이 골을 만들었습니다. 흐흑."

스포츠 중계진분들의 흐느낌도 함께 들렸다. 그리고 몇 분 뒤

"2 : 0, 대한민국이 독일을 꺾습니다. 대한민국이 독일을 함께 집

으로 돌려보냅니다."

캐스터가 울먹거리면서 말했다.

대한민국이 두 골을 넣었고 잠시 후 휘슬이 울리면서 경기가 종료되었다.

"대~한민국 짝짝 짝 짝 짝!"

나는 혼자 거실에서 승리의 기쁨을 만끽했다.

대한민국이 독일을 2 : 0으로 이긴다는 것은 아무도 예상치 못했던 일이며 거의 기적이 일어난 것이나 마찬가지였다. 이번 경기를 보기로 한 것이 참 잘한 것 같다. TV 화면에서 이어서 오늘 골을 넣은 선수이자 주장인 월드클래스 손흥민의 인터뷰가 이어졌다. 손흥민 선수는 울보라고도 유명한데 오늘도 어김없이 울먹거리면서 인터뷰를 했다. 내가 존경하는 손흥민 선수는 선수들이 정말 잘해 줬고 마지막 경기를 멋있게 잘 마무리를 했고 응원해 주신 국민에게 감사하다고 말했다. 그 인터뷰가 너무나 아름다웠고 감동스러웠다. 그 전율이 화면을 넘어 내 마음까지 울린 것 같다. 만약 손흥민 선수 바로 옆에 있었으면 어땠을까? 라는 생각이 들었다. 나는 인터뷰를 진행하셨던 스포츠 기자가 떠올랐다. 그분은 바로 옆, 가장 가까운 자리에서 손흥민 선수의 인터뷰를 들으셨고 감동의 울림이 더 크셨을 것이다. 갑자기 머릿속의 불이 번쩍 켜졌다.

'바로 그거야! 스포츠 기자!'

나는 그래서 오늘 가장 가까운 곳에서 선수들을 만나고, 선수들과 경기의 희로애락을 함께 느끼는 사람, 스포츠 기자가 되기로 결심했다.

나의 꿈은 스포츠 기자

다음 날 나는 당당한 발걸음으로 등교했다. 그놈의 '장래희망'에 대한 문제가 해결되어서 너무나 속이 시원했다. 오히려 그 문제가 나의 진짜 장래희망을 찾게 해 준 것 같기도 하다. 덕분에 기분 좋게 수업을 들었다. 그 시간이 오기 전까지만….

마지막 7교시 자율시간, 결전의 시간이 다가왔다. 닭꼬치가 들어와서

"얘들아, 각자 장래희망 생각해 왔지. 그럼 내가 종이를 주면 거기에 적으면 돼."

라고 말씀하셨다. 내가 '스포츠 기자'라고 쓰고 있을 때 뒤에서 인기척이 느껴졌다. 닭꼬치가 순찰하듯 장래희망을 적는 학생 주위를 돌아다니고 계셨고, 마침내 내 자리 옆으로 오신 것이다.

"야, 시현아, 너 장래희망 스포츠 기자였었나? 원래 의사 아니었나?"

"아, 그게, 제 장래희망이 바뀌었어요."

"그래? 그럼 스포츠 기자가 어떤 점이 좋더냐?"

"경기도 직관할 수 있고 선수와 직접 만나며 인터뷰도 할 수 있어서요."

"그럼, 스포츠 기자가 되기 위해서 무엇을 해야 하냐?"

'아 왜 이렇게 계속 꼬치꼬치 물으시는 거야! 이걸 어쩐담…'

"…… 저도 잘 모르겠……."

"그게 가장 중요한 것인데 쯧, 시현아 그것 꼭 알아봐라."

닭꼬치는 그렇게 나한테 핀잔을 주고 칠판 앞으로 가셨다. 저렇게

꼬치꼬치 캐물으시니까 별명 닭꼬치가 정말 잘 어울리는 것 같다.

'닭꼬치'는 우리 반 반장이 우연히 선생님이 점심시간에 나온 닭꼬치를 10개씩이나 폭풍흡입을 한 모습을 보고 붙인 이름이다. 선생님도

"내가 닭꼬치를 좋아하는 것 어떻게 알았냐? 닭꼬치는 닭코치(coach)를 세게 말한 거네."

라고 말하며 별명이 만족스럽다고 했다. 그래서 그때부터 선생님이 영어선생님이시기도 한데 선생님의 정식 명칭이 영어시간에만 특별히 '닭코치(coach)'가 되었고 그 외에는 선생님이라고 말해야 했다. 하지만 애들 사이에서 대화할 때는 '닭꼬치'가 선생님을 지칭했다. 그리고 오늘 알게 된 사실인데 닭꼬치에는 꼬치꼬치 잘 캐 묻는다의 뜻이 숨겨진 것 같기도 하다.

닭꼬치가 갑자기 주목하라고 하셨다.

"다음 주 이 시간에 각자 나의 꿈 책자 만들기 할 테니까 장래희망에 대하여 조사해서 와라. 장래희망 소개, 되는 방법, 추천 전공 등등, 우리 반 기대해 볼게. 참고로 이것 진로 점수에 들어가는 수행평가니까 열심히 해라."

"네."

학교가 끝나고 애들이 교실을 나오면서 왜 이리 수행평가가 많나, 진로도 있나 하며 하소연을 해댔다. 나도 '이것 언제 다하나'라고 구시렁거렸다. '스포츠 기자'라는 꿈을 가지게 된 지 하루 밖에 안 되었는데 생각해야 할 것이 많아졌다. 아… 앞길이 막막하다. 그래도 이번 기회로 내 꿈 '스포츠 기자'라는 직업을 더 잘 알아볼 수 있을 것 같다.

To 부정사의 부사적 용법 ; 목적

다시 내가 풀어야 할 숙제가 하나 생겼다. 바로 다음 주에 있을 수행평가에 대해서 말이다. 무엇부터 해야 할지 앞길이 막막하다. 그냥 예전에 의사에 관한 직업에 대하여 조사한 것처럼 하면 되겠지? 해야 하긴 하는데 하기는 싫은 것이 지금 내 기분이다. 갑자기 머릿속에서 닭꼬치가 왜 조사를 안 해왔냐고 나에게 취조하는 것이 생각나 당장 컴퓨터를 켰다.

검색창에 막연히 '스포츠 기자'라고 쳤다. 스포츠 기자라고 치니 많은 스포츠 기자들의 소속과 이름이 떴다. 그 아래에 스포츠 기자라는 직업의 소개와 되는 법을 알려주는 경험담을 담은 기사들이 많았다. 나는 그중 하나를 클릭해서 들어갔는데, 그 순간 '아 직업도 만만치 않구나'라고 느꼈다. 스포츠와 함께 있어 즐거운 만큼 고충도 많이 따른다는 것이다.

JOB 탐방 ; 스포츠 기자의 세계

직업 소개 : 스포츠 기자가 하는 일은 스포츠 경기 취재이다. 경기 내용과 결과에 대한 기사를 작성하고 경기 후에 감독과 선수들을 인터뷰하는 직업이다.

일단 스포츠 기자가 되기 위해서는 적성이 맞아야 한다. 무엇보다도 가장 중요한 것은 스포츠에 대한 열정이다. 단순히 스포츠를 좋아하는 것보다 즐겨야 한다.

- 좋아하는 일이 '일'이 되면 힘든 점도 많기 때문에 즐기는 것을 우선순위로 두는 것 같다. 이 부분은 나는 200% 합격인 것 같다. 체크!

두 번째로는 글을 조리 있게 잘 쓸 줄 알아야 한다. 기자라는 직업특성상 글을 쓰고 말을 하는 것이므로 꼭 필요하다고 할 수 있다.

- 내가 글을 잘 쓰던가? 의문이 들긴 했지만 줄곧 국어 선생님께서 글을 잘 쓴다고 나를 칭찬해 주신 것을 보니 잘 쓰는 것 같다. 단지 초등학교 받아쓰기 시절부터 복병이었던 맞춤법은 신경을 써야 할 것이다. 체크!

마지막으로는 인간관계가 원활해야 한다. 친화력이 좋아야 한다.

- 아무래도 기자니까 사람들도 많이 만나고 특히 스포츠 기자이기 때문에 선수들을 취재할 일이 많을 것이다. 인터뷰를 직접 내가 할 때 인터뷰를 당하는 사람이 불편하지 않도록 편하게 잘 말할 수 있도록 하는 것이 기자의 임무인 것 같다. 상대방의 마음을 잘 이해해야 지난 번 손흥민 선수의 감동적인 인터뷰 장면과 같은 인터뷰가 연출이 될 것 같다. 나는 선수와 깊은 이야기를 하면서 그 선수의 숨은 매력들을 찾고 선수들과 함께 희로애락을 느끼는 기자가 되고 싶다. 이 부분은 앞으로 내가 살아가면서 채워가야 할 자질인 것 같다.

스포츠 기자가 되기 위해서 전공은 상관이 없고 방송사, 신문사 등에 입사하여 스포츠 부서에 지원하는 방법이 있다. 요즘에는 공채가 많이 줄어들었고 경력기자를 많이 뽑는다. 요즘은 매체가 다양하여 다양한 매체에서 경력을 쌓으며 기자 생활을 하는 사람들이 많다.

스포츠 기자의 고충은 바쁜 일정으로 인해 정신적 육체적으로 힘든 것이다. 요즘에는 해외에 진출한 한국선수들도 많고 사람들이 해외 경기들을 많이 챙겨봐서 밤, 새벽에도 기사를 써야 하는 경우가 많다. 대체로 경기가 주말에 많아서 스포츠 기자들은 평일에는 좀 쉬고 주말에 주로 일을 한다고 한다. 지방 및 해외 출장도 잦아서 체력이 좋아야한다고 한다.

- 나는 워낙 돌아다니는 것, 새로운 지역에 가 보는 것을 좋아해서 힘들겠지만 적성에 맞을 것 같다. 기자의 특성 때문에 불규칙한 생활을 하는 이 부분은 힘들 것 같지만 그에 따른 행복감, 보상이 더 클 것 같다. 스포츠 기자의 최대 장점은 내가 가장 좋아하는 것과 시간을 많이 보내는 것인 것 같다.

스포츠 기자의 전망은 전반적으로 밝다. 사람들의 삶의 질이 좋아지고 여가 문화에 대한 요구가 높아지면서 스포츠의 수요가 늘어나고 있기 때문이다.

나의 작은 꿈이긴 하나 나로 하여금 더 많은 사람들이 스포츠에 대하여 관심을 가지고 2002년의 축구 붐처럼 내가 우리나라의 스포츠 붐을 일으키고 싶다. 오늘 스포츠 기자에 대하여 찾아보니까 나의 꿈이 조금 더 구체화 되는 느낌이었다. 이와 함께 내가 진정 스포츠 기자가 되기 위해서는 많은 노력이 필요하구나라고 새삼 깨달았다. 마치 닭꼬치의 영어 시간에 배운 to 부정사의 부사적 용법의 목적 같다. To become a sports reporter... 어떤 것을 하기 위해서 충족시켜야 하는 부분이 많은 것처럼 말이다.

수행평가

벌써 일주일이 지나고 그 날이 돌아왔다. 오늘은 지난번만큼 긴장되지는 않는다. 단 마음가짐이 다르다. 경기 시작 전에 축구선수가 골을 넣겠다는 마음을 가지고 그라운드에 들어가는 기분이다. 수행평가를 잘 치르고 나의 꿈에게도 한 걸음 다가가야겠다.

"자, 시간은 40분이고 내가 주는 이 종이에 각자 개성을 살려서 한 번 만들어보세요."

닭꼬치가 말했다. 나는 종이를 4등분했다.

4가지의 항목; 1. 스포츠 기자란? 2. 스포츠 기자가 필요한 자질 3. 스포츠 기자의 고충 4. 전망

이 네 가지 항목에 맞춰서 나는 앞서 조사한 내용들을 활용했고 그림도 그렸다. 어떤 캐릭터가 설명해 주는 책자인데 그 캐릭터가 바로 닭꼬치이다. 확실히 닭꼬치가 들어가니까 책자가 되게 귀엽게 느껴졌다. 실물 닭꼬치보다 귀엽게 그려진 것 같다. 닭꼬치는 또 어떻게 알아서인지 교실을 서성이다가 내 자리로 오셨다. 뒷짐을 지면서 내 어깨 위로 쓱 보고 가신 것 같은데 가시는 얼굴에 띤 미소를 나는 보았다. 닭꼬치도 내 그림 솜씨를 인정하시는 것 같다. 채색까지 다하고 나니 내 책자가 완성되었다. 그리고 마침 종도 같이 울렸다.

종례 후 가벼운 발걸음으로 교실 밖으로 나갔다. 사실 내가 앞에서 휴대폰을 꺼내 갈 때 닭꼬치가 나한테

"그림 잘 그리네. 닭꼬치, 마음에 든다."

라고 말씀하셨다. 그래서 나도 모르게 입꼬리가 올라가고 발걸음이 가벼워 진 것 같다. 나는 원래 칭찬에 내색하는 편이 아닌데 오늘은 닭꼬치가 칭찬을 해주셔서 너무 기분이 좋다. 갑자기 어깨가 으쓱했다. 이 기분은 일주일 정도 이어졌다. 칭찬 때문인 것도 있고 책자 수행평가 점수로 A를 맞았기 때문이다.

'결과는 노력을 배신하지 않는다!'

요즘 나는 내가 스포츠 기자가 되기 위한 자질을 꾸준히 개발시키고 있다. 한 걸음 씩 내 꿈에 다가가고 있다는 느낌이랄까? 스스로 느끼기에 일취월장하고 있는 듯하다. 일단 한 달에 한 번씩 스포츠 경기를 본 후 내가 직접 기사를 작성하고 있다. 처음에는 컴퓨터에 저장만 했었는데 내가 나만의 블로그를 만들어서 거기에 하나씩 올렸다. 블로그 이름은 'Passion Fruit(열대과일)', 그냥 Passion이 열정이라는 뜻을 가지고 있는데 블로그도 그 열정을 본받았으면 하는 마음에 이렇게 작명하게 되었다. 그리고 나는 열대과일을 특별히 좋아하는 편이다. 블로그 소개에는 '결과는 노력을 배신하지 않는다.'라고 짧고 굵게 적었다. 이것은 나의 삶의 모토이다. 비공개로 해놓았는데 어떤 것만 공개로 전환했다. 가끔 댓글이 달리곤 하는데 '새로운 관점에서 바라보네요.' '좋은 정보 감사합니다.' 등과 같이 달리면 나 스스로 뿌듯함을 느낀다. 그리고 나 혼자서 가상의 인터뷰를 진행하

고도 있다. 인터뷰도 자꾸 해보니까 어떤 질문을 던져야 할지 예상이 간다. 그리고 한번은 야구장을 직접 찾았다. 경기 시작하기 4시간 전에 도착해서 그때 합류하고 있던 선수한테 직접 인터뷰 아닌 인터뷰를 했다. 그날 그 선수는 선발투수였는데 지난 경기에 대한 느낌과 이번 경기에 대한 포부를 직접 물어보았다. 중학생이 물어보는데도 친절하게 잘 대답해 주셨다. 내가 인터뷰가 승리의 기운을 준 것인지 모르겠지만 그 선수는 오늘 승을 챙겼다. 스포츠 기자로서의 짜릿함을 느끼고 있는 요즘이다. 학교 공부도 하고 진로 공부도 하니 바쁘면서도 보람찬 하루들이 이어져 가고 있다.

어느덧 창밖을 보니 나뭇가지의 잎사귀들이 다 떨어져 있었다. 바쁘게 살다보니 시간을 잠시 잊고 있었던 것 같다. 벌써 12월이고 이제 닭꼬치를 볼 시간도 얼마 남지 않았다. 그것보다 2달 후면 나는 졸업이다. 그새 3년 동안 정든 친구들, 선생님들, 특히 닭꼬치, 너무 보고 싶을 것 같다. 그냥 학교 갈 때는 몰랐는데 그새 닭꼬치 선생님을 좋아하게 되었다. 고등학교에 가면 공부를 더 열심히 해야 하니까 잠시 스포츠 기자를 준비하는 것은 좀 소홀해질 것이다. 그러니까 지금 배로 노력해야겠다.

중학교 안녕!

시간은 신의 영역이라 멈출 수 없었다. 어김없이 2월이 오고, 3년간의 중학교 생활에 마침표를 찍었다. 3년이긴 하지만 그 속에 에피소드가 많아 오래토록 기억 될 것 같다. 그리고 이번 졸업식 때 초등학교 때보다 더 많이 운 것 같다. 닭꼬치, 내가 진심으로 사랑하는 우리 반 담임 선생님이랑 부둥켜서 펑펑 울었다. 평소에 더 잘할 걸. 내가 선생님을 좋아하게 될 줄은 누가 알았을까. 학기 초만 해도 나는 약간 선생님을 향한 반항이 많았고 조금은 안티였다. '닭꼬치'라는 별명도 조금은 부정적인 의미에서 선생님을 싫어해서 부른 이름이다. 하지만 지금은 다르다. 물론 별명은 여전하지만 선생님과 나의 관계, 나의 마음이 바뀌었다. 선생님이 닭꼬치라면 나는 양꼬치이다. 이번에도 우리 반 반장이 나보고 만들어 줬다. 조금은 억지이지만 선생님은 닭띠이고 나는 양띠이다. 암튼 졸업식에서 닭꼬치, 선생님과의 이별이 제일 슬펐다. 그리고 내가 상을 받았는데 이것도 오래토록 기억날 것 같다. 닭꼬치가 나에게 직접 수여해 주셨는데 그 상의 이름은 꿈 프로젝트 상이다. 상장에는 이렇게 적혀 있었다.

꿈 프로젝트 상

위 학생은 3년간 꿈 프로젝트의 3단계 꿈 찾기, 노력, 끊임없는 성찰을 잘 수행하였으며 꿈에 대한 태도가 비범하고 자신의 꿈을 향하여 한 걸음씩 나아가고 있으며 다른 학생의 모범이 되었으므로 이 상을 주어 크게 칭찬합니다.

내가 진로 상을 받았던 것이다. 우리 선생님이 수여하신 것으로 보아서 선생님이 나를 추천해 주신 것 같다. 닭꼬치 선생님의 가르침 덕분에 내가 꿈도 찾고 거기에 더하여 상까지 받은 것 같다. 혹시 이것은 모두 선생님의 계획이었을까? 꿈에 대하여 나한테 계속 물어본 것, 꿈 프로젝트, 선생님은 나한테 처음부터 관심이 있으셨던 것인가? 꿈 프로젝트의 대장정의 주인공은 나? 약간 짜빽이기는 하지만 일리는 있는 것 같다. 나를 성장하게 한 이 학교를 떠나 3월이면 나는 또 다른 곳에 갈 것이다. 거기서도 또 다른 닭꼬치를 만나면 좋겠다.

바람과 함께 지나가다(feat. 고등학교)

고등학교에 가서 내가 한 것은 여느 친구들과 마찬가지로 공부를 했다. 그것도 엄청 많이. 새순이 돋고, 잎이 푸른색으로 생기가 넘치고, 다시 붉게 물들고, 떨어지는 패턴이 세 번이나 반복되는 동안 바뀌지 않았던 것은 공부하는 나, 최시현이다. 중학교까지 한 공부는 아무것도 아니라는 것을 새삼 느꼈다. 덕분에 성적은 꾸준히 올랐다. 1학년 첫 모의고사에서 4등급을 받았는데, 수능을 친 결과 평균 2등급이었고 1등급도 조금 있었다. 대학은 체육교육학과로 진학하려고 한다. 아직 스포츠 기자의 꿈은 나에게 유효하다. 스포츠 기자는 전공은 상관없지만 체육에 대하여 알고 싶어서 그쪽을 생각했다. 나의 고등학교 생활은 너무 순식간에 지나간 것 같다. 공부는 많이 했으니까 이제 다시 꿈, 진로 공부를 이어가야 할 것 같다. 베스킨 라빈스의 맛 중에서 '바람과 함께 사라지다'처럼 나의 고등학교 생활도 그렇게 지나간 것 같다. 아이스크림이 입에서 사르르 녹아서 없어지는 느낌처럼 말이다.

올림픽 자원봉사

대학교에 가서 내가 제일 처음으로 신청한 것은 학교 기자단이다. 기자단에 들어가기 위한 시험은 1차, 2차가 있었는데 내가 그것을 모두 통과하고 학교 기자단이 되었다. 학창 시절 때 기자단은 한 번도 해보지 못했는데 대학교에 와서야 나의 진가를 발휘하는 것 같다. 내가 중학교 시절 홀로 기사를 썼던 것이 도움이 된 것 같다. 학교 기자단은 학교 소식을 전달하는 것이니까 꼭 스포츠 소식만이 아닌 다양한 주제로 기사를 쓴다. 스포츠 경기, 학교의 새로운 인사, 동문과 인터뷰(직업 탐방), 학교 곳곳 소개 등등에 대하여 말이다. 오늘 정식 기자가 된 후 처음으로 기사를 썼는데 동문과 인터뷰를 한 내용이다. 우리나라에서 유명한 N사의 게임 프로그래머와 만나서 이것저것 질문을 하면서 새로운 세계를 경험했다. 오늘 갓 데뷔를 했지만 다양한 분야의 사람을 만나서 새로운 것을 알아가는 것이 기자의 맛인 것 같다. 내가 중학교 시절 때 인터넷에서 찾은 현직 스포츠 기자를 인터뷰한 기사처럼 조금은 비슷하게 적은 것 같다. 학교 신문에 나의 기사가 실렸고 내 친구들도 잘 썼다고 칭찬해 주었다.

기사를 써가면서 나의 실력이 날이 갈수록 발전하고 있다는 것이 느껴진다. 약간의 노하우가 생겼다고나 할까? 이제 겨우 1년이 지났는데 지금까지 쓴 기사는 50개가 넘는다. 오늘 우연히 인터넷을 검색하다가 2년 후에 있을 하계 올림픽 자원봉사자를 모집한다는 기사를 보았다. 자원봉사자의 지원 분야는 통역, 의료, 기술, 미디어 등등 다양한데 당연히 내 눈에는 미디어밖에 보이지 않았다. 미디어 분야는 취재 방송분야에서 언론 취재 활동, 통역, 중계 및 안내 방송 등을 하는 것이다. 자세하게 알아보니 핀에서 올림픽이었다. 2년 후에 자원봉사자로 선발되어 베트남에 가서 직접 언론 취재를 돕는다면 정말 뜻깊을 것 같다. 일단 자원봉사 미디어 분야로 신청서를 작성했다. 신청서에 작성할 것이 생각보다 많았다. 이름, 생년월일의 기본적인 부분부터 특기 사항, 경력, 보유 기술까지 많았다. 그중에서 특기 사항에 자신 있게 '대학 기자단 기자 활동 중'이라고 적었다. 그리고 그 후에 화상 면접 등 몇 가지 시험을 치렀다. 그렇게 최종 확정을 알리는 하노이 올림픽 위원회에서 올 이메일을 기다리면서 하루하루를 보냈다. 한 3개월쯤 지났을 시점에 내 이메일 편지함에 처음 보는 이메일 주소가 보낸 새로운 편지가 도착했다.

> Dear, Ms. Choi,
> First of all, thank you for applying to our 2028 Hanoi Summer Games Volunteering session.
> Ms. Choi, congratulations, you are chosen as the official volunteer in the field of media. You will be on task both for the olympics and the paralympics. You will be volunteering in the press center. You will get to write some articles and your main task will be supporting other reporters who are from all around the world. For example, you will set the press center ready to have a interview. You will also have a 2 week training session around July before the game starts. We will let you know soon.
> See you soon in Hanoi.
>
> Olympics : 7.29~8.14 (17days)
> Paralympics: 9.1~9.12 (12days)
>
>
> Sincerely,
> 2028 Hanoi Summer Olympic Games Committee

내가 드디어 올림픽 자원봉사자로 뽑힌 것이다! 올림픽은 지구촌 축제인 만큼 나도 이제 국제적으로 다가갈 수 있게 되었다. 비록 자원봉사자인 신분이지만 프레스 센터에서 근무하면서 실제 취재진들에게서 배울 수 있는 기회가 될 것이다. 예스!

나의 '하노이' 일지

2년 후.

"신 짜오."

지금 여기는 베트남, 하노이다. 베트남 올림픽 위원회에서 편지를 받은 지가 엊그제 같은데, 벌써 나는 자원봉사자로써 의무를 다하고 있다. 오늘은 올림픽 개막 둘째 날이다. 어제 개막식을 갔다 와서 좀 피곤하지만 오늘도 기대가 된다. 바로 오늘부터 나는 여기 하노이 미딘 국립 경기장에서 열리는 육상경기들을 담당하는 프레스 센터에서 일한다. 프레스 센터는 경기장 안에 있고 메달을 딴 선수들의 수상소감을 중점으로 하는 기자회견장에서 봉사하는 것이다. 원래 하계 올림픽의 꽃은 육상이어서 나름대로 자부심이 있다. 지금은 올림픽 초반이어서 기자회견장은 한산하고 간간히 선수들의 포부를 인터뷰하고 있다. 나는 오늘 스페인에서 오신 취재 기자님과 같이 다니면서 인터뷰를 도왔다. 스페인 국가대표 선수 한 명이 오늘 남자 200m 경기에 출전하게 되어 그 선수를 함께 인터뷰 했다. 나는 옆에서 인터뷰가 잘 이루어질 수 있도록 마이크 등 간단한 기계 세팅 등, 질문

지를 확인했다. 그리고 공식적인 인터뷰 질문이 끝난 후 나도 간신히 하는 스페인어로 물어봤다. 그러더니 인터뷰가 끝난 후 그 선수가

"Eres buena en español. 아녀하세요."

라고 말했다. 번역하자면 '스페인어 잘하시네요'라고 칭찬해 준 것이다. 그 선수분이 내가 한국 사람인지 어떻게 아셨는지는 모르지만 서툴지만 한국어로 안녕하세요라고 말해서 고마웠다. 이것이 지구촌의 축제, 올림픽의 묘미인 것 같다. 세계인이 하나가 되는 역사적인 순간에 함께 있는 것 같아 영광이다.

올림픽 기간 동안에는 육상경기장에서 일하지만 종목, 선수들이 다양해서 하루하루가 새로운 것 같다. 오늘은 또 어떤 경기가 열릴까? 에 대한 기대감에 즐겁다. 그렇게 2주 동안의 시간이 지났다. 2주 중에서 가장 기억 남는 순간은 우리나라의 여자 400m 유망주 양예빈이 동메달을 딴 일이다. 내가 그 경기를 직관했고 경기 직후 기자회견장 정리 작업을 내가 담당했다. 우리나라 육상불모지에서 육상 그것도 400m에서 메달을 딴 모습을 보니 너무나도 자랑스러웠다. 인터뷰가 열리는 현장에 함께 있어 감회가 새로웠다.

이제 올림픽이 폐막식이 얼마 남지 않았다. 프레스 본부에서 나한테 주문이 들어왔다. 내가 기사를 써 보는 것이 어떻겠냐는 것이다. '내가 올림픽에서 기사를 쓴다고?' 금메달을 딴 선수의 기분이다. 주제는 올림픽 정신에 관한 것이다. 이번 올림픽에서 진정한 올림픽 정신을 보여준 선수들에 대하여 기사를 적는 것이다. 아무래도 육상경기를 계속 봐왔기 때문에 육상에서 일어난 일을 쓰기로 마음먹었다.

스포츠는 각본 없는 드라마라고 하는 것처럼 예측할 수 없기 때문에 해프닝들이 많이 일어난다. 내가 쓸 내용은 100m 허들에서 일어난 일이다. 남자 100m 경기에서 한 선수가 허들에 걸려 넘어지면서 뒤따라오던 선수까지 같이 넘어지게 되었다. 서로는 비난하는 대신 서로를 부추기면서 몸을 일으켰고 남은 허들을 천천히 뛰면서 결국 결승점에 함께 도착했다. 결승점을 통과한 후 두 선수는 서로를 부둥켜안으면서 울었다. 따라서 기록은 한 참 못 미쳤지만 두 선수 모두 포기하지 않고 결승점을 통과하여 실격이 되지 않았을 뿐만 아니라 서로를 격려해 주었다는 점에서 올림픽 정신을 볼 수 있다. 다행히 두 선수는 큰 부상이 아니기도 했다. 이 두 선수는 내 생각에 이번 올림픽의 페어플레이 상을 받아도 마땅하다고 생각한다. 올림픽은 승부를 떠나 이런 아름다운 장면들을 볼 수 있기에 감동의 장인 것 같다. 이 사건을 주제로 나는 직접 기사를 썼다. 올림픽 폐막식 날 나의 기사가 정식으로 하노이 올림픽 홈페이지에 올라갔다. 그리고 올림픽 폐막식에서 나의 선견지명이 맞아떨어졌는지는 몰라도 그 두 선수가 정말로 페어플레이 상을 수상했다.

그렇게 올림픽이 끝이 나고 2주 후에 패럴림픽도 열렸다. 이번에는 나는 농구장에서 봉사하게 되었다. 농구장에서는 휠체어 농구가 일어난다. 농구는 팀 경기이기 때문에 경기 시작 전에 감독과 주장이 기자회견장에서 입담을 늘어놓았다. 약간의 기 싸움이 느껴지고 농담도 오고가서 기자회견만 보아도 재미가 있다. 선수들이 경기장에 가면 눈빛이 싹 변하는데 기자회견장에서 만큼은 분위기가 화기

애애하다. 나도 간간히 선수들과 이야기도 하고 같이 사진을 찍었다. 처음에는 휠체어 농구가 재밌을까? 라고 생각했는데 재밌었다. 선수들이 최선을 다하는 모습을 보니 감동스러웠다. TV에서는 패럴림픽은 잘 중계해 주지 않아 이번에 처음 보게 되었는데 선수들의 열정은 대단했다. 직관을 하니까 선수들의 표정 하나하나를 관찰할 수 있어 신기했다. 나는 특별히 응원하는 팀은 없었지만 어느 팀이든 골을 넣을 때 나도 환호하고 즐거웠다. 경기가 끝난 후에 인터뷰가 진행되었는데 한 번은 나도 정식으로 질문을 할 수 있었다. 나는 오늘 패럴림픽에 첫 출전하여 5득점을 한 중국의 한 선수에게 물었다.

"첫 득점을 하셨을 때 가장 먼저 든 생각이 무엇인가요?"

"지금의 저가 있게 도와주신 많은 분들, 부모님, 감독님 그분들의 얼굴이 먼저 떠올랐고 내가 드디어 해냈다! 라는 뿌듯함을 느꼈습니다."

그 선수가 느꼈을 뿌듯함은 말로 표현할 수 없을 만큼이라는 것을 나는 경기를 보았기 때문에 안다. 스포츠가 우리의 인생에 들어오는 순간 사람과 사람의 연결고리가 되는 것 같다. 여기 패럴림픽에서도 올림픽처럼 세계가 하나로 뭉치는 그 감정을 느꼈다. 인종, 국적, 성별, 나이, 장애의 여부를 떠나서 우리 모두가 하나가 된다. 패럴림픽 때는 기사를 쓸 기회는 없었지만 더욱 값진 경험들을 했다. 그렇게 나의 올림픽 자원봉사가 끝이 났다. 이번 기회로 나는 세계 곳곳의 사는 친구들을 사귀게 되었고 실제 스포츠 취재 현장을 직접 경험하게 되었다. 내가 직접 인터뷰도 해보고 기사도 써 보고 값진 경험인 것 같다. 미래에 정식 스포츠 기자가 되어서 올림픽 현장을 다시 찾고 싶다.

입사(所願成就)

올림픽 자원봉사로 나는 특별한 여름을 보냈다. 내 나이는 이제 25살이다. 2년 전에 대학을 졸업했고 현재는 방송사, 신문사 몇 군데를 옮겨 다니면서 인턴 생활을 하고 있다. 그리고 틈틈이 방송사 입사 시험을 대비하고 있다. 방송사 시험 공채가 거의 드물지만 다행히 얼마 전에 하노이를 갔다 온 후 방송사 공채 사이트에서 공채가 하나 떴다. 바로 PMN(Peninsula Maeil Network) 방송국에서 공고가 뜬 것이다. 기자를 5명 뽑는다고 되어 있었다. 이것을 보는 순간 '딱 이것이다. 이것이 나의 기회다'라는 생각이 제일 먼저 떠올랐다. 입사시험은 총 4단계였다.

1. 자기소개서, 이력서 접수
2. 필기시험(영어, 한국사 등 기초 지식)
3. 업무 능력 시험 4. 면접

바로 그날 자기소개서를 썼다. 내가 살아온 이야기를 약간의 요약 과정과 다듬는 과정을 통해서 서술해 나갔다. 없던 얘기를 꾸며내가며 MSG를 뿌리는 것보다 있는 그대로를 보여주는 것이 더 낫다는 생각이 들었다. 중3부터 시작된 스포츠 기자를 향한 대장정의 프로젝트 말이다. 아직도 현재진행형이어서 자기소개서에서 지금까지 이렇게 살아왔고 내가 죽을 때까지 이 프로젝트는 이어진다고 썼다. 분명히 이 글은 자기소개서인데 갈수록 자서전을 쓰는 느낌이 나는 것은 기분 탓일까? 쓸 이야기가 많은데 분량을 맞춘다고 좀 애를 먹었다. 그날이 마침 접수 마감 하루 전이었는데 그날 바로 PMN 방송 국으로 내 자기소개서와 나의 이력서를 제출했다.

1단계와 2단계까지는 모든 지원자 해당 사항이어서 필기시험을 쳤다. 한 달간 벼락치기 공부를 해서 그런지 시험은 그다지 어렵지 않았다. 합격 문자도 왔고 바로 3단계 시험을 준비했다. 3단계는 말 그대로 실무 능력을 보는 단계이다.

3단계 시험을 치러 방송국에 갔을 때 총 선발된 인원은 20명이었다. 20명에서 5명끼리 4팀을 짜서 각 팀이 한 사건씩 보도를 해서 하나의 뉴스를 만드는 것이다. 우리 팀은 사내 식당의 만족도에 대한 보도를 했다. 5명 중에서 촬영 담당, 편집 담당, 기사와 인터뷰 담당 (2명) 전체 팀 이끔이가 계획을 담당해서 취재를 했다. 설문조사를 만들고 자료를 수집하는 것은 모두 같이 했다. 뉴스를 만드는 것이 결코 혼자서 이루어지는 것이 아니라는 것을 느꼈다. 토의의 효과를 여기서 확실히 느꼈다. 나는 처음에 설문조사를 직접 만나서 하려고 했지만 23번 지원자가 인터넷에서 설문조사 사이트를 만들어서 하면 적은 시간으로 많은 사람들을 대상으로 할 수 있다고 말하여 흔쾌히 수긍했다. 토의는 내가 미처 생각하지 못한 부분을 알게 되고 더 좋은 방안을 찾을 수 있어 좋은 것 같다. 직원 500명 상대로 한 설문조사 결과 PMN 방송국의 사내 식당 만족도는 매우 좋았다. 평균값은 10점 만점에 8.2였다. 내가 이곳에 입사를 하게 된다면 밥걱정은 안 해도 될 것 같다. 다른 팀은 PMN 방송국 복지가 잘 되어 있는가, 사내 새로 생긴 옥상 정원에 대하여 소개, 8시 메인 뉴스 팀의 뉴스 제작과정에 대하여 보도를 하였다. 그렇게 3단계가 끝나고 조금 떨렸다. 과연 평가자들은 어떻게 나를 평가했을지. 함께 뉴스를 제작해 보니 실력이 좋으신 지원자 분들이 많았다. 나중에 같이 회사 동료 가 되면 좋겠구먼, 5명밖에 안 뽑으니 경쟁에서 잘 살아남아야 한다.

연락이 2주 넘게 안 와서 '떨어졌나 보네'라고 생각했을 때 문자가 왔다. 최종 면접이 이번 주 토요일에 있을 것이고 합격하는 사람은 바로 다음 달부터 회사에 출근한다는 것이다.

최종면접의 분위기는 최종면접답게 무거웠다. 블라인드 면접을 위해서 모두 똑같이 주황색 옷을 입어서 그런지 내 눈에는 다 오렌 지처럼 보였다. 다들 무엇을 외우고 있는지 혼자서 중얼중얼 거리 고 있는 것 같았다. 그래도 나름 너무 긴장하지 않으려고 면접장에 서 구구단도 외우고 스트레칭을 했다. 면접장에 들어가니 면접관이 제일 먼저 한 말, 오늘 내가 느끼는 기분을 삼행시나 사행시로 표현 하라고 했다. 나는

"제 기분은 '긴장된다'입니다. 긴, 긴 시험을 통과하기 위해서 장, 장영실의 지혜를 빌려 지혜가 완성되었고 된, 된장을 먹으며 건강을 다졌기에 이제 다, 다 준비되었소."

라고 말했다. 그 질문을 들은 순간 엄청 난감했지만 뜬금없이 머 릿속에서 자격루가 생각나면서 이 사행시를 만든 것 같다. 순발력, 나쁘지 않았쓰. 면접에서는 기자의 일에 관련된 질문보다는 창의성 을 본 것 같다. 장기자랑을 한 번 하라고 시키셔서 나는 혼자서 1인 2역 시트콤이랑 내 주특기 아재개그를 했다. 면접관분들이 좋은 관 객은 아닌 것 같다. 분명히 얼굴에 미소를 띠었는데 바로 웃음을 참 으셨다. 아마 냉정함을 잃지 않기 위해서일 것이다. 그래도 면접관

님의 미간은 정직했다. 나의 개그가 나름 통한 것 같다. 5분 면접이었는데 5분이 순식간에 지나갔다. 5분 동안 혼자서 말을 다한 기분이 들었다. 그래도 나 최시현에 대한 매력을 어필하는 시간이었다고할까? 지원자들이 입은 옷은 모두 같지만 각 각의 숨은 장끼들이 나오는 순간 서로가 차별화 되는 것 같다. 떨어져도 후회 없고 최선을다한 시험이었다.

최종 면접을 치르고 2주 후에 전화가 왔다. 발신지는 처음 보는 번호였는데 냉큼 받았다. '스팸 전화는 아니겠지?' 하고 딱 통화 버튼을 눌렀는데 휴대폰 넘어서 소리가 들려왔다.

"최시현 지원자님 맞으시죠?"

"네."

"지원자님께서 최종 면접을 통과하셨습니다. 다음 주 월요일부터출근하시면 되겠습니다. 그리고 스포츠 쪽으로 배정 받으셨습니다.혹시 부서를 바꾸고 싶으시면 말씀해 주십시오."

"아니요. 괜찮아요. 그러면 다음 주부터 스포츠부로 출근하면 되나요?"

"네, 맞습니다."

"네, 감사합니다."

그러고는 전화를 끊었다. 그때 마침 지하철 안이어서 소리를 크게낼 수 없는 상황이었다. 그래서 유치환의 깃발의 구절 "소리 없는 아우성"처럼 말은 하지 않았지만 내 마음속은 휘황찬란했다. 드디어 중3부터 시작된 나의 프로젝트가 목표를 하나 이루었다. 정식으로 방송국의 기자가 된 것이다. 보여주기 장래희망밖에 가지지 못한 중학생이었던 내가 진정한 나의 꿈을 이루는 순간이다.

2부. 공통분모를 나누는 친구

나의 베프

오늘은 좀 특별한 날이다. 바로 이번 공개채용에서 뽑힌 기자들이 첫 출근하는 날이다. 우리 부서를 비롯한 각 부서가 새 손님 맞이한다고 분주하다. 원래 출근 시간이 8시 30분인데 오늘은 준비한다고 무려 1시간 전에 왔다. 그리고 내가 내 손으로 직접 뽑은 나의 원픽을 만나보는 날이다. 그 친구가 너무 궁금하고 기대되어서 월요일인데도 불구하고 오늘 너무 출근하고 싶었다. 어, 저기 한 친구가 걸어오고 있네. 뉴 페이스인 것을 보니 바로 나의 원픽? 그 친구인가?

"어우, 안녕하세요? 먼 길 오느라 힘드셨죠?"

"어, 아닙니다."

아니라고 격렬하게 손사래를 쳤다. 그리고 어쩔 줄 몰라 하는 눈빛이었다. 나도 처음에는 그랬으니까.

"PMN 스포츠 보도국으로 오신 것을 환영합니다. 반갑습니다. 저는 축구부 팀장이자 이슬아 기자입니다."

"환영해 주셔서 감사합니다. 저는 이번 신임 기자 최시현입니다."

아직은 처음이어서 모든 것이 어색해 보였다. 11시에 스포츠 보도국 전체 회의가 있어서 그때 최시현 기자를 소개하면 될 것 같다. 그전까지는 내가 최 기자에게 우리 보도국 이곳저곳을 소개해 주면 되겠다.

11시가 되자 나는 최 기자와 함께 전체 회의실로 향했다.

"오늘 스포츠 보도국의 새로운 식구가 생겼습니다. 누구일까요?"

스포츠국장님의 말씀에 보도국 직원들의 눈길이 모두 우리 쪽으로 쏠렸다.

"최시현 기자님 신임 기자를 소개합니다. 일어나셔서 간단한 소개 부탁드립니다."

"안녕하세요? 저는 신임, 최시현 기자입니다. 잘 부탁드립니다."

긴장한 모양인지 뒤통수에서 땀이 흐르고 있는 것이 보였다.

"나는 이슬아 팀장이 말해 주셨나? 스포츠 보도국 전체 국장 정호섭이야. 내가 생긴 건 조금 사나워도 실제로는 곰처럼 푸근하단다. 다른 기자님들이 그러시더라고. 암튼 저도 잘 부탁드립니다."

내가 귓속말로 기자님한테 말했다.

"국장님 정말 재밌으셔. 아재 개그도 많이 하신다니까."

그제서야 최 기자가 안심한 듯 얼굴이 밝아졌다.

회의가 끝난 후에 내가 최 기자한테 물어보았다.

"최 기자, 오늘 회의 어땠어? 괜찮았어? 우리 방송국 마음에 들어?"

"네, 팀장님. 앞으로가 기대가 돼요. 꿈에 그리던 직장에 온 것이 실감이 안 나서, 아직도 어안이 벙벙하네요."

"나도 너처럼 한 7년 전인가 입사했을 때 그랬던 것 같아. 앞으로 우리 잘해 봅시다. 기자님, 파이팅!"

"팀장님도 파이팅!"

얘가 하루 사이 나를 닮아가는 것인가. 처음에는 조용했는데 조금 씩 활기를 찾아가는 모양이다.

최 기자가 온 지 벌써 세 달이 지났다. 그 사이에 최 기자는 벌써 우리 팀에 녹아들었다. 분명 내가 조금 더 선배이긴 한데 얘기하다 보면 친구 같은 느낌이 난다. 나이를 물어보니까 딱 나랑 6살 차이였다. 6살 차이는 회사에서는 그다지 큰 벽이 아니다. 요즘은 거의 나랑 언니, 동생 하면서 지낸다. 나도 나이가 좀 어린 편에 속해서 서로 말 놓을 동료는 거의 없었는데 최 기자가 온 뒤 부터는 거의 같이 다닌다. 점심도 같이 먹고 회의도 같이 가고 그런다. 처음에는 신참이랑 다닌다고 그런 나를 조금 이상하게 보는 기자들도 있었지만 지금은 익숙해졌고 최 기자와 나 사이에 같이 합류하는 기자들도 있다. 다들 우리 막내 최 기자의 매력에 빠졌다.

지금까지 이렇게 친해지기 전에 최 기자와 친해지는 계기가 있었다. 입사 과정에 관한 이야기이다. 업무에 관한 것은 모두 비밀이지만 내가 느꼈던 점들, 일화를 이야기해 줬다.

"시현, 최 기자, 내가 너한테 특별히 관심을 갖게 된 계기가 있어. 무엇일까?"

"뭘까? 지난번에 제가 지난 번 회의 때 너무 처져 있어서 썰렁 개그를 했던 것인가요?"

"아니, 아니 그것보다 훨씬 전에."

"그럼 혹시? 입사 시험? 면접할 때 팀장님이 거기 계셨나요?"

"어, 입사 시험은 맞아. 면접할 때 있었지. 근데 그것 말고 내가 1단계 자소서 담당이었단 말이야. 그때 너 자소서 읽고 반해버렸지."

"정말요?"

"나는 닭꼬치 선생님 부분이랑 올림픽 자원봉사를 재밌게 읽었어. 닭꼬치 선생님 정말 재밌으시더라."

"맞아요. 지금 보면 다 추억인데 왜 이렇게 초반에는 선생님을 싫어했는지 모르겠어요."

"내가 보기에는 반장이 작명의 신인 것 같더라. 네가 이 자리에 있게 해주신 닭꼬치 선생님께 감사하네. 스포츠 기자가 되기 위해 최 기자 노력 많이 했더라. 최 기자 열심히 살아왔네! 글쓰기 실력은 두 말 할 것도 없고. 그리고 다른 사람들 것 보면 정말 의도적으로 스펙을 과시하려는 것이 보이는데 네 것은 있는 듯 없는 듯. 뭔 간접광고도 아니고 말이야. 한 편의 소설을 읽는 듯 술술 읽히더라. 다만 직업 조사에 관한 부분만 빼고."

"그것은 왜요?"

"왜긴 왜. 당연히 직업 설명하는 부분이어서 그런지 지루하더라. 그리고 나는 벌써 다 알고 있는 내용이잖아. 그리고 기자 일 하다 보면 네가 거기에 적은 것이 다가 아니라는 것을 깨닫게 되고 더 많은 것을 경험하게 될 거야."

"그렇게 되겠죠. 베테랑이 되었을 때 말이에요. 그때는 누군가에게 제가 참고 자료가 될 수도 있겠네요."

"그럼, 그럼. 다시 본론으로 돌아오자면 그때 자소서를 읽었을 때 너무 재밌어서, 이 친구가 누구일까 싶었지. 그리고 앞으로 시험이 있겠지만 그날 바로 내 마음에 들어왔어. 내 마음속에서는 그날 바로 너는 합격이었어. 그냥 나머지 2, 3단계를 잘 치기를 기대했지."

"그럼, 4단계는요?"

"그때는 네가 가진 재능들을 더 보고 싶었지. 그래서 뜬금없이 4행시 문제도 냈던 것이고. 당황했지?"

최 기자가 약간 갸우뚱거리면서 억지웃음을 지었다.

"그랬을 거야. 근데 너무 잘하던데, 순발력이 탑이야. 재미로 한번 질문을 던져 본 거야. 기자들은 또 그런 순발력이 필요하거든. 장영실의 지혜, 와. 역시 최시현 기자님이야."

"아아. 아니에요. 그냥 그때 순간적으로 머릿속이 백지가 되었다가 뜬금없이 자격루가 생각나서요. 제가 생각해도 웃겨요."

"나만 네가 좋으면 어쩌지 했는데, 다른 분들도 다 너를 높게 평가하시더구나. 그렇게 해서 정식으로 기자가 된 거야."

"그렇군요. 저도 팀장님과 다른 기자님들의 기대에 저버리지 않게 최선을 다하겠습니다."

10년 후

최 기자는 그날 나한테 말한 각오로 지금까지 10년째 열심히 기자 일을 하고 있다. 그 사이에 나는 스포츠 보도국 부국장이 되었고 최 기자는 팀장이 되었다. 워낙 열심히 일을 해서 지칠 법도 한데 오히려 우리 팀의 에너자이저다. 나랑 세트로 같이 공동 취재를 맡을 때가 꽤 많았는데 선배인 내가 배울 점이 더 많은 것 같다. 물론 실무에서는 내가 경험이 더 많아 가르쳐주는 입장이지만 그 외의 마음가짐과 일에 대한 열정 등 배울 것이 많은 동료이다. 가끔 내가 스포츠 기자로서 삶의 회의를 느낄 때 그 친구가 나에게 동기부여가 되고 의욕이 넘쳤었던 때를 다시 되새겨보게 해 준다. 그리고 공적인 업무를 떠나서 사적으로도 내가 힘들 때 진심으로 위로해 주고 서로 공감을 해준다. 물론 10년 사이에 여느 동료나 친구처럼 의견이 맞지 않거나 사소한 일들 때문에 싸운 적도 많지만 동료애와 우정을 느끼는 경우가 더 많다.

'zzzzz,zzzz'

휴대폰 진동이 울린다. 문자 메시지가 온 모양이다.

'존경하는 최 기자'로 문자 한 통이 왔다.

"부국장님~ 슬아 언니~ 지금 곧 회의 시작하니까 회의실로 오세요. 제가 시럽 조금 넣은 카페라떼, 준비해 놨어요. 좀 있다 뵈어요.^^"

시현이가 나를 찾고 있나 보다. 카페라떼 다 식겠네. 커피와 시현이가 나를 기다리고 있으니 얼른 회의실로 가야겠다. 나의 베프 시현이 얘기는 여기까지 해야겠다. 앞으로도 나와 시현이의 여정은 이어질 것이다. 존경하는 최 기자님, 우리 우정 변치 말아요! To be Continued.

MY LITTLE
MERMAID

강도윤(2학년)

·
·
·
·
·

★ 작가 소개 ★

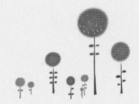

안녕하세요. 동도중학교 2학년 강도윤입니다.

평소 글쓰기와는 거리가 먼 편이었는데 도서부를 통해 처음으로 수필이나 소설을 써 보게 되어 매우 신기하네요. 이번에 소설을 처음 쓰기 시작할 때 즐거운 마음으로 내용을 구상하고 주인공들의 서사도 상상하며 잘 해내겠다는 욕심도 많았지만 막상 이렇게 쓰니 내용이 정말 난잡하네요.

머릿속으로 상상한 것을 글로 써내는 일이 이렇게 어려운 줄 몰랐습니다. 대사가 부자연스러운 느낌이기도 하고, 과거와 현재를 오고 가는 내용과 서술자가 중간 중간 변하는 일이 많아서 읽는데 혼란이 올 수도 있는데 그냥 가볍게 봐주시면 좋겠습니다.

2020년 행복하게 마무리하시길 바라요 !

- 안녕?

　뒤에서 절대 들을 수 없는 목소리가 들려왔다. 너무 당황해서 그가 누군지 물어볼 생각도 못하고 하염없이 바라보고 있었다. 아무리 봐도 G와 똑같은 얼굴에 똑같은 목소리였다.

　"너 누구야."

　진짜 궁금해하는 건지 경계하는 건지 모를 눈빛으로 그에게 물었다.

　- 나는 네가 지금 생각하는 그 사람이 아니야. 보다시피 나는 인간이 아니잖아, 인어지.

　"알아, 누구보다 잘 알아."

　그럴 리 없겠지만 내심 기적을 바라고 물어본 걸지도.

　인어가 말한 '내가 생각하는 그 사람'인 그녀, G. G가 죽기 전인 어렸을 적 이야기를 하자면, 나는 인어를 잡았다. 죽였다가 더 맞는 표현이지만….

　어렸을 때도 지금도 인어 따위가 죽는 일에는 무감각하다. 그것은 단지 미래도 없고 다른 할 수 있는 일도 없던 두 아이의 생계가 걸린 일일 뿐이었다. 물론 나로 인해 한 생명이 무참히 짓밟혔다는 사실 정도야 알았지만, 빈민가에서 인어를 누가 소중한 생명으로 봐주겠는가.

처음 죽은 인어를 봤을 때가 언제였을까. 새벽 길거리를 돌아다니다 깜빡거리는 가로등 밑을 보니 죽어가는 인어 시체가 있었다.

"저거 '빨간 머리'야. 이 근방에서 보기 힘든 희귀종 인어다."

그녀는 인어들 사이의 귀족 대우를 받는 종이라고 했다.

"빨간 머리가 뭐가 그렇게 특별하다고. 지가 인어공주야?"

나는 퉁명스러운 말투로 외쳤다. 그러고는 다 찢어져 가는 지느러미를 하나 뜯었다. 아직 살아 있었던 모양인지 '빨간 머리'는 작은 신음을 흘리다가 숨을 거뒀다. 뜯어낸 지느러미의 빛이 점점 사그라들더니 검게 물들었다. 윤기가 흐르는 검은 지느러미는 묘한 매력이 있었다. 부자들이 왜 이런 걸 수집하는 건지 이해될 것도 같았다. 속으로 이 지느러미를 팔면 얼마 나올까 행복회로를 돌리는 나와 달리 G는 덜덜 떨고 있었다.

"우리가 죽인 거야?"

나는 그녀의 손을 잡고 말해 주었다.

"아니야. 이건 원래 죽을 거였어."

암시장에 지느러미를 가져다주고 우리는 오랜만에 식사다운 식사를 했고 여유분의 돈도 생겨 즐거운 마음으로 집에 돌아왔다.

"이 돈 너무 찜찜한데 그냥 버리면 안 돼?"

"우리 이렇게 그냥 살자. 이거보다 좋은 일이 없어. 너도 알잖아."

그렇게 센 척하며 얘기했지만 사실 나라고 시체 팔아 번 돈 쓰는 게 영 좋지만은 않았다.

그날 밤, 꿈속에서 떠나는 우리의 뒷모습을 바라보는 인어의 모습이 너무 선명하다며 G는 날 흔들어 깨웠다. 그녀가 왜 우는지 잘 알았지만 아직 잠에서 깨지 않은 척 돌아누워 있었다. 참았던 눈물이 흐르면서 내 기억도 흘러내려 갔으면 했는데 그런 일은 일어나지 않았다. 내 인생이 판타지 소설이 아니라서 그런가. 그녀에게 절대 들키고 싶지 않았던 내 울음소리는 다행히 빗소리에 삼켜졌다.

그후로도 가기 싫다는 G의 손을 꽉 붙잡고 외곽 지역으로 가서 인어 시체를 찾았다. 다시 한번 쉽게 돈을 벌어보고 싶은 마음이었다. 인어를 잡는 행위는 점점 익숙해져 갔고 G 또한 돈이 필요했기에 밀매업을 시작했다. 인어들의 머리카락이나 지느러미, 꼬리를 잘라 가면 비싼 값을 쳐줬다. 숭고한 취향을 가진 부자들 덕분에 빈민가에서 상상도 못하는 돈을 만졌다.

그건 그렇고, 어떻게 내 앞의 이 인어가 G와 같은 얼굴을 하고 있는 걸까? 내 속마음을 읽었는지 그는 시간 끌지 않고 다 말해 줬다.

-우리 인어들은 아무것도 정해지지 않은 상태로 태어나. 얼굴도 목소리도 가족도 뭐 하나 뚜렷한 게 없어. 시간이 지나 자라게 되면서 죽은 인간 중 하나를 골라 얼굴을 선택하고, 그 사람의 생전 기억도 갖게 되지. 나는 G를 선택했고, 그래서 내가 너를 알아본 거야.

한 번도 들어보지 못한 이야기였다. 적잖이 충격 받은 내가 가만히 있자, M은 말했다.

-그 애는 죽기 전에 계속 네 생각을 했나 봐. 일찍 죽는 아이들에 비해 머릿속이 온통 네 걱정뿐이었어. 저기, 왜 울어?

M의 물음을 듣고서야 내가 우는 줄을 알았다. 나는 그녀의 죽음을 쉽게 잊었다. 빈민가의 고아로 살아왔는데 죽음에 무덤덤하지 않은 게 더 이상한 거지.

- G야. 있잖아.
- 응.
- 왜 죽었어.
- 모르겠네, 그건.

내 입에서 웅얼웅얼 뱉어진 말들에 M은 하나씩 천천히 답해 줬다. 어떻게 그렇게 서서히, 그리고 확실하게 네 그림자조차 남기지 않고 사라질 수가 있어. 나는 원망인지 모를 이 기분 때문에 M의 눈을 바라보지 못했고 그녀도 굳이 내 얼굴을 바라보지 않았다. 나는 거기서 푹 젖은 그리움과 다 낡아빠진 다정의 향기를 맡았다. 사무치는 만족감으로 온몸이 채워졌다. 이 세상에 나만 버리고 간 아이를 못 견디게 미워하고 또 그리워하기 위해서는 뭘 해야 하는 걸까. 너 없이도 잘 살 거라 다짐했는데, 너의 목소리만 들어도 무너지기 위해서는 어떤 마음으로 당신을 품고 있어야 할까. 사실 네가 아닌 사람을 보고 너를 떠올려도 되는 걸까, 그럴 자격이 있을까 내가? 나는 가까스로 멈췄던 눈물이 다시 터져오를까 봐 두 손으로 얼굴을 숨겼다.

가만히 파도가 타들어 가는 내 심장처럼 일렁이던 와중 정적을 깬

건 M이었다.

"걔가 떠나고 넌 뭘 가지고 살았어."

누가 들어도 의문문은 아니었다. 울고만 있던 나를 위해 그냥 해 본 말이었겠지만 안타깝게도 그 말은 그녀가 죽기 전 내게 했던 질문과 똑같았다.

"사람은 뭘 가지고 살아갈까? 우리는 가진 것도 없는데."

"돈을 가지고 살아가겠지, 우리랑 다르게."

"너는 진짜 감수성이 없구나. 너 말고 보통, 사람들이 가지고 살아 가는 거 말이야."

감수성이 없을 수밖에 없는 환경에서 살아온 걸 어쩌겠는가.

"그러면 너는?"

"나는, 바다를 가지고 살아간다고 생각해. 처음 바다를 봤을 때 얼마나 기뻤었는지 모르겠어. 이렇게 넓고 무서운 곳 안에서도 뭔가가 살아가고 있다는 게 너무 신기해. 내가 꼭 바다에서 죽어서, 인어가 될게. 너한테 바다 속 구경도 시켜줄게."

"바다에서 어떻게 죽어. 그건 바다에 빠져 죽는 거나 마찬가지잖아. 그리고 인어로는 못 태어날걸. 사람을 죽이면 짐승으로 태어난다고 했어. 우리는 인어를 죽였으니, 인어로 태어나진 않을 거야."

"그러면 어떻게 해야 인어가 돼?"

"글쎄."나는 천장을 바라보며 생각했다.

"그러면 사람을 죽여야 하지 않을까. 인어가 되든 짐승이 되든 그건 죽고 나서 생각해야지. 빨리 자기나 해."

"곧 죽을 수도 있잖아."

"그런가."

이 심심한 대화가 그녀와의 마지막 대화였다. 너는 나에게 모든 걸 미리 말해줬는데 바보같이 나는 아무것도 몰랐다. 추억 속 다음날, 나는 한 번도 맡아보지 못한 축축한 냄새에 얼음장처럼 차가운 바람에 잠에서 깼다. 하늘은 맑은데 정말 맑은 것 같은데 날씨가 이상한 것 같기도 하고, 무엇보다 항상 내 옆에 있었던 G가 없었다. 나는 미친 것처럼 바닷가를 뛰어다니며 그녀를 애타게 불렀지만 대답은 끝끝내 들을 수 없었다. 지금 생각해 보면 바다에서 나지막한 소리가 들려오는 것 같기도 하다. 숨이 차도록 달리고 나니 비로소 깨닫게 되었다. 그녀는 떠났다. 내 욕심 때문에. 우리의 미래, 행복을 위한 일이라며 그녀를 억지로 어둠으로 끌어들이지 말았어야 했다. 내가 가장 잘 안다고 생각한 사람의 인생을 조각냈다는 걸 깨닫고 나는 무너졌다. 인간은 심상찮은 일이 생겼을 때 직감으로 알아차리고 도망친다. 그리고 용기가 없는 나 같은 인간은 알고 싶지 않은 사실을 알게 되었을 때 그로부터 도망쳐야 한다, 아주 멀리.

아무런 대답 없이 파도를 바라보던 나에게 M은 아무 말 않고 나를 달래줬다. 등을 살살 쓸어내리는 손길에 금방 울음이 멎었다. 까끌한 소매로 눈가를 비볐더니 눈가가 쓰라렸다. 그녀는 왜 평소와 달리 그런 말을 했을까. 지금 생각해 보면 너무 쉬운 답이 나오는데 그때는 내 몸 하나도 못 챙길 때라서 그녀의 정신이 죽어가는 줄도 몰랐다.

금방이라도 울 것처럼 일그러진 얼굴에서 눈물은 흐르지 않았다.

-잘가.

M이 나를 먼저 보냈다. 내가 돌아설 때까지 그는 억지로 입꼬리를 올려 웃고 있었다. 누가 그렇게 안쓰러운 표정을 지어 보일 수 있을까.

"너는 기분 안 나빠? 기억을 읽었으면 다 알 거 아니야, 우리가 인어로 장사한 거."

-그럴 수밖에 없는 상황이었잖아. 상관없어. 너를 데리고 내가 사는 곳으로 가고 싶어.

그는 별안간 멈추고서 중얼거렸다. 나는 너를 버리지 않을 텐데...

"가면 되지."

내 대답에 M은 젖지 않은 내 뒤통수를 쓰다듬으면서 데리고 갈 수 없다고 말했다.

-거긴 너무 깊고 차가워서 네가 가면 죽을지도 몰라.

"죽으면 되지."

명쾌한 내 대답에 그는 만족하는 건지 나를 쏘아보는 건지 모를 눈빛을 했다.

-죽으면 안 돼, 난 네가 지금 이 모습 그대로이길 바라.

"네가 나한테 죽지 말라고 하니까 기분이 이상해. 꼭 그녀가 살아 돌아와서 나한테 말해 주는 것 같잖아."

* * *

M은 자신 앞의 인간에게 느끼는 감정이 뭔지 밀려오는 질문들을 묻지 않고 가슴 한 구석에 묻어두기로 했다. M은 자신이 G이길 바랐

다. 지금 그와 함께 있는 건 자신인데 왜 그는 나를 바라보지 않을까, 문득 생각했다. 죽은 G인 척 흉내 내며 접근한 건 자신인데 왜 갑자기 화가 나는 건지 고민한 끝에 알게 되었다.

'나는 죽은 그 여자로 있어야 하는 거구나, 그녀에게 귀속된 존재인 거구나. 영원히 그림자 속에서 살게 되겠구나.'

돌아가는 그의 뒷모습이 작은 점이될 때까지만 해도 M은 그의 얼굴을 곧 볼 수 있을 거라고 생각하지 못했다. 그들이 다시 재회한 건, 다름 아닌 그 깊고 추운 바닷속에서였다.

사이좋게 떠드는 인어들 사이에서 익숙한 목소리가 들렸다. 그럴리 없다고 계속 중얼거렸지만 그의 목소리가 맞았다.

'그가 나를 보았을 때 이런 심정이었을까.'

내가 기다리던 사람을 더 이상 기다릴 수도 없다는 깨달았을 때의 기분을 어떻게 말로 다할 수 있을까.

애초에 그의 앞에 나타나지 말았어야 했다.

작품 해석

이 이야기는 인어를 팔아 돈을 버는 미숙한 남자아이와 그의 동료가 죄책감에 의해 죽음을 선택한 후 똑같은 얼굴을 가진 인어를 만나 그의 속마음을 깨닫게 되는 내용입니다.

1. 왜 주인공의 이름을 이렇게 적은 걸까?

사실 정해놓은 후보들은 많았지만 제가 적으면서 너무 헷갈려서 주인공은 '나', 동료는 여자라서 'G', 같은 얼굴의 인어는 mermaid의 'M'입니다. 또한 M을 부를 때 주인공이 '그는'이라는 표현을 주로 쓰는데 그 이유는 G를 '그녀'라고 서술해 두 여자 주인공을 헷갈릴 수 있을까 봐 구분시켜 놓았습니다.

2. M은 왜 주인공에게 친절히 대하는 걸까?

M은 다양한 인어 중에서도 희귀종입니다. 평범하고 그저 그런 인어가 주인공 때문에 죽는 건 별로 관심 없을 뿐더러 땅을 밟고 살아가는 인간에 대한 호기심도 많죠. 주인공을 좋아하는 것도 아니고, 심성이 착해서 누구에게나 친절한 것도 아니고, 그저 주인공에게 동정과 연민 그 사이의 감정을 가지는 것입니다.

동정과 연민은 비슷한 감정이지만 누군가를 동정하는 것은 자신이 느껴보지 못한 아픔이지만 그 사람이 아프다는 것을 인지하는 것이고, 누군가를 연민하는 것은 그의 아픔에 공감하는 것에 더 가깝기 때문에 죽은 G의 기억을 다 알고 있는 M의 감정은 자신이 직접 경험한 아픔은 아니지만 그 아픔을 희미하게라도 알기 때문에 슬퍼하는 주인공에게 친절히 행동하는 것입니다.

3. 결말의 새로운 인어가 등장하자 왜 M은 슬퍼하는 걸까?

소설에 나와 있듯이 인어는 얼굴이 없습니다. 그들이 얼굴을 가지는 방법은 죽은 인간의 얼굴과 기억을 따오는 것이죠. 새로운 인어가 주인공과 같은 얼굴을 가졌다는 것은 주인공도 G와 같은 선택을 했다고 보면 될 것 같습니다. 두 주인공은 공통적으로 죽음에 대해 언급한 다음 날 죽습니다. 굳이 추상적인 결말로 이야기를 끝낸 건 미리 떡밥을 던지기도 했고, '주인공이 죽었다'라고 직접적으로 서술하면 소설이 너무 무서워질 것 같아서입니다.

4. 우리는 무얼 가지고 살아갈까?

저는 아쉬움을 가지고 살아간다고 생각합니다. 인생은 사실 크고 작은 우연으로 이루어져 앞을 보지 못하더라도 나아가기만 한다면 어떤 일이든 벌어지게 됩니다. 자신이 걸어온 일에 대한 아쉬움을 통해 남을 우러러보기도 하고, 반성과 노력도 하게 됩니다. 만약 아쉬움을 느끼지 않는다면 늘 제자리걸음이겠지요. 긍정보다는 부정에 더 가까운 감정일지라도 내가 나아가는 것을 도와주는 아쉬움을 느끼며 살아봅시다.

(참고로 저는 G와 다르게 물 공포증이 있어서 바다를 가지고 살아가진 않습니다.)

2020, 짧지만 길었던 한 해

신혜림(2학년)

· · · · ·

★ 작가 소개 ★

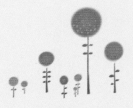

　저는 중학교 2학년 신혜림입니다. 평범하게 중학교를 다니고 있고, 취미는 딱히 없습니다. 이번 책쓰기에서 코로나19 시대를 살아가는 우리의 일상을 담은 이유는 빨리 이 사태가 끝났으면 좋겠다는 바람과 더불어 이런 상황에서도 하루하루를 열심히 살아간 날들을 기록해 보고 싶어서입니다. 책을 쓰면서 어렵고 힘든 점도 많았지만 완성하고 나니 뿌듯합니다.

2020년, 코로나19 바이러스가 세계를 위기에 빠뜨렸어. 그럼 이 시점에 나는 뭘 하고 있냐고? 그것에 대해서 좀 얘기해 볼까?

1. 대유행 시작, 2월

나는 처음에 코로나 사태가 빨리 끝나겠지 했어. 그전 메르스 사태에서도 잘 넘어갔으니까 대유행해 봤자 두어 달 정도일 거라고 생각했지. 그래서 그때는 마스크도 지금처럼 그렇게 중요하게 생각하지도 않았어. 근데 이 생각을 완전히 뒤바꿔놓은 사건이 하나 있었어. 2월 18일, 아직도 그 느낌을 기억할 수 있을 거 같아. 아무 생각 없이 2월을 보내다가 그날을 시작으로 우리 지역에서 코로나가 대유행하기 시작했어. 내 생각과 일상도 이 날을 기점으로 180도 달라졌지.

2월 18일에 대해서 잠깐 얘기해 볼까? 그날 아침엔 별 생각 없었어. 애초에 내가 인터넷 기사를 많이 보는 편도 아니고 그날 아침까지는 정말 아무 일도 없다는 듯이 평온했으니까. 코로나 바이러스의 ㅋ자도 보이지 않았어. 난 그날이 학원 진급시험이 있는 날이라 그 시험 준비를 하느라 다른 의미로 불안에 떨고 있었지. 그렇게 시간을 보내다 애들이 기사 좀 보라고, 대구가 난리 났다고 해서 잠깐 네이버에 들어갔는데 점점 우리 지역 코로나19 바이러스 관련 기사가 뜨기 시작하더라고. 그래서 무슨 일이 있나 싶어서 조마조마한 마음으로 기사 하나를 클릭했더니 정말 믿을 수 없는 사실 하나가 내 휴대폰 화면에 떠 있었어. 우리 지역의 한 확진자가 코로나를 엄청나게 많은 사람에게 전파하고 다녔다는 거야. 확진자는 점점 느는 추세였지. 확진자 수는 시시각각 계속 증가했어. 그 확진자가 다녔던 동선이 우리 학원 근처여서 그때는 정말 무서웠어. 그렇게 두려움에 떨면서 진급시험을 치고 와서 내일은 괜찮겠지 하면서 잠들었어. 그 생각은 정말 보기 좋게 빗나갔지. 다음 날도, 그 다음 날도 좋아지기는커녕 확진자가 계속 쏟아져 나왔어. 자고 일어날 때마다 그 숫자가 엄청나게 늘어나 있어서 눈 뜨는 게 조금 무서워질 정도로 말이야. 그래서 그 여파 때문에 개학도 연기되고 학원도 아예 못 가고 그렇게 한 2주 정도를 어영부영 보냈지. 그러다 보니 2월 한 달이 지나갔어. 별로 한 것도 없고 학원 레벨테스트 하나 친 게 다인데 한 달을 그렇게 날려버려서 얼마나 허무했는지 몰라. 그러면서 앞으로 개학은 어떻게 하나 싶고, 이러다가 정말 내 하나뿐인 2학년을 통으로 날려버릴 것 같아서 불안하기도 했어. 코로나 바이러스 유행이 내가 초반에 생각한 간단한 헤프닝 정도가 아니라서 계속 가다가는 우리 가족 생계에까지 영향을 줄 수도 있을 것 같아 이 점도 살짝 불안했던 것 같아.

2. 이거 언제 끝나, 3월

　그렇게 조금은 불안해하면서 2월을 보내고, 2월 29일에 개학이 한 달 정도 연기됐어. 그래서 나는 이왕 연기된 거 이 사태를 되돌릴 수도 없으니까 3월부터는 정말 열심히 살자는 다짐을 가지고 3월을 시작했어. 이때부터는 사태가 아주 조금씩 나아지는 게 보이기도 해서 더 굳게 마음을 잡았어. 물론 작심삼일이었지만. 그래도 상황이 좀 나아졌으니까 이때부터는 조금씩 학원을 가기 시작했던 것 같아. 그 말은 내 잉여인간 생활도 조금이나마 좋아졌단 말이기도 하지. 학교를 안 가니까 방학숙제도 나왔었어. 학원도 가고 방학숙제도 하고, 친구들이랑 연락해 무섭다고 이야기도 하면서 나름 열심히 살았었지. 그렇게 하루하루를 살다가 개학 일주일 전쯤 개학이 또 연기됐어. 상황이 나아졌다고 해도 학교에 갈 수 있을 만큼 나아진 건 아니었으니까. 학원 역시 대형학원들은 여전히 안 가고, 소규모 학원은 수업시간은 확 줄었어. 여전히 무서웠던 거 같아. 근데 무서워도 내 식욕이랑 수면욕은 코로나가 별로 안 무서웠나봐. 오히려 집에 있으니까 더 먹게 되더라고? 숙제하다가 배고프면 간식이라고 과자 먹고 또 밥도 먹고, 어떤 날은 떡볶이 같은 것도 간식으로 시켜서 먹고. 진짜 엄청 먹었지. 잠도 진짜 많이 잤어. 막 10시간씩 잤었나? 이 생활 패턴 어떻게 고치지 매일 고민도 했지만 그건 그냥 고민에 그쳤어. 어차피 개학까지는 시간이 좀 남았었고, 그 상황에서 정말 정상 등교와 개학을 진행할 것 같지도 않았거든. 2월에 비해서는 상황이 나아진 듯했지만 아직도 확진자는 많이 늘고 있는 추세였고, 코로나가 다른 바이러스에 비해 전염성도 높으니까 학부모들도 그 상황에서 학교를 가는 건 별로 원치 않았거든. (적어도 우리 부모님은 말이야) 그렇게 매일 먹고 자고 놀고 공부도 조금 하니까 진짜 늘어난 몸무게 빼고는 남는 게 없었어. 그래도 강제 아닌 강제로 아무 생각 없이 휴식을 취할 수 있어서 좋기는 좋았어. 나도 친구들도 부모님도 개학 뒤에는 정말 피바람이 불 걸 예상하고 있었던 거지 뭐. 그래서 '지금 안 놀면 손해다' 같은 느낌으로 더 열정적으로 놀았던 것 같아. 먼 훗날의 나는 이때의 나를 좀 원망하기는 하겠지만, 나름 나쁘지 않았고 다시 돌아가도 난 그렇게 살았을 것 같아서 별로 후회하지는 않아. 그렇게 먹고 자고 놀고 공부하다 보니 어느새 3월도 끝나가고 있지 뭐야! 열심히 살겠다는 계획은 지키지도 않고 그렇게 한 달이 또 흘러갔어. 그래도 2020년 중에 제일 아무 생각 없이 행복했던 때여서 이런 날도 한 번쯤 더 있으면 좋겠다는 생각도 그냥 지나가면서 했던 것 같아.

3. 온라인 개학? 진짜 이런 건 처음이야! · 4월

4월이 되고 얼마 지나지 않아서 개학이 더 미뤄진다는 정부의 발표가 있었고, 결국 개학이 온라인 개학으로 대체되는 수준에까지 이

르렀어. 처음 이 얘기를 들었을 때는 정말 의아했어. 온라인으로 개학이라니? 정말 듣도 보도 못한 개학 방법에 신기하기도 하고, 온라인 개학은 어떻게 하는 걸까 싶기도 했어. 그때는 zoom이라는 프로그램으로 화상수업을 할 수 있다는 것도, 구글클래스라는 프로그램으로 과제 제출 방식으로 수업을 대체할 수 있는 방법이 있다는 것도 모르는 채로 그냥 유튜브 생방송이나 아프리카 티비 같은 생방송 어플로 진행할 줄 알았거든. 그래서 그렇게 하면 재밌을 것 같다는 터무니없는 상상도 잠깐 했었어. 며칠 뒤, 학교에서 구글클래스로 로그인하라는 문자를 보내왔어. 그때 나는 생방송 같은 걸로 하는 수업에 대해서 조금 걱정을 했기 때문에 그냥 과제를 해서 제출만 하면 된다는 것을 듣고 속으로 엄청 좋아했어. 그렇게 온라인 개학날이 되고, 온라인 클래스에 접속해서 과제를 해나가기 시작했어. 처음에는 진짜 혼란 그 자체였어. 이걸 어디서부터 어떻게 손 대야 할지도 모르겠고 과제 제출 방법도 예전과 너무 다르다 보니 좀 혼란스러웠지.

또 그 당시에는 선생님께서 영상을 올려주시는 것도 좀 어색했어. 한 번도 학교수업을 동영상으로 들을 거라고는 생각도 못해 봐서 그랬던 것 같아. 한 일주일 정도 우당탕탕 온라인 수업을 듣다 보니까 어느새 적응이 돼서 아무 위화감 없이 학습지 파일을 작성해서 제출하고, 노트 정리를 해서 사진을 찍고, 가끔 감상 댓글을 적으라면 적고 있는 나 자신을 발견했어. 처음에는 마냥 어색했는데 벌써 그렇게 적응하다니 한편으로는 신기했고, 한편으로는 이게 학교 가는 것보다 편하다 싶기도 했어. 아침에 일찍 일어나서 밥 먹고 씻고 이 닦고 하면서 바쁘게 아침을 보낼 필요도 없고, 불편한 교복을 입고 오랜 시간 동안 앉아 있을 필요도 없이 그냥 일어나자마자 잠옷 차림으로 출석체크하고 과제 제출하면 끝이니까 말이야. 근데 또 다른 한편으로는 친구들이랑 떠들고 노는 쉬는 시간의 재미가 없어져서 좀 아쉽기도 했어. 쉬는 시간에 같이 떠들고 노는 그런 정겨운 분위기가 그립기도 하고. 집에서 가만히 있으면서 수업을 듣는 것도 좋지만 친구들이 너무 보고 싶었어. 친구들이랑 얘기도 하고 밥도 같이 먹는 소소한 일상이 얼마나 소중한지 그때서야 깨달았지 뭐야. 코로나가 정말 싫지만 이런 일상의 소중함을 깨우쳐줘서 한편으로는 좀 고마운 것 같기도 해. 정말 언제쯤 등교개학을 할 수 있을까 라는 고민도 이때는 좀 많이 했어. 등교개학을 하면 정말 일 학년 때처럼 자유롭게 떠들 수 있을 거라고 생각했거든. 좀 바보 같은 착각이었지만. 4월은 아직 온라인 개학 적응기고 중간고사 시즌도 아니어서 좀 즐겁게 보낼 수 있었던 것 같아.

4. 정신없는 첫 시험기간, 5월

중학교에 들어오고 치르는 첫 중간고사 시즌이 성큼 앞으로 다가왔어. 첫 시험이라 기간을 조금 넓게 잡고 5월 중순부터 시험 준비를 시작했는데, 중학교에 들어와 처음 하는 시험공부라서 이걸 어떻게 준비해야 할지, 어떤 걸 중심으로 공부해야 할지 정말 막막했어. 1학년 때는 중간고사나 기말고사 같은 시험을 보지 않아서 감도 떨어졌고, 진짜 생활기록부에 내 성적이 들어간다고 생각하니까 엄청 떨리고 시험을 잘 볼 수 있을까 하는 두려움과 걱정도 들었어. 특히 수학이나 영어 같은 경우는 좀 자신 없는 과목들이라서 그것들에 대한 걱정도 좀 컸던 것 같아. 첫 단추를 잘 꿰야 할 것 같단 생각도 들었고 말이야. 거기에 5월 말부터는 학교 과학 시간에 프로젝트를 하나 진행해서 그걸 한다고도 바빴어. 정말 5월은 정신없이 시험 준비랑 수행평가만 하면서 보냈던 것 같아. 그때를 생각하면 아직도 머리가 핑핑 돌아. 신경써야 할 것도 많고 힘들기도 힘들고 정신도 없고. 하루하루 피곤해하면서 살았어. 그래도 이렇게 한 번 시험기간을 보내보니 하루하루를 알차게 살 수 있게 되는 것 같아서 좋은 점도 있었던 것 같아.

5. 이제 정말 시험이다! 6월

정신없이 5월을 살다 보니 6월은 더 빠르게 다가왔어. 이 달에는 나의 부담감이나 걱정, 육체적인 피곤함이 제일 컸던 시점인 것 같아. 아무래도 첫 시험에 대한 긴장감도 컸고, 우리 학교는 공부를 잘하는 학생들이 많이 모인 곳으로 유명한데다가 시험도 어렵기로 소문이 자자한 곳이라 필요 이상으로 더 걱정되고 떨렸었어. 그게 육체로 가면서 조금씩 피곤하기도 했고. 시험 일주일 정도 전에는 영혼 나간 상태로 살았던 것 같아. 코로나 때문에 수업도 제대로 못 들어서 그거로부터 오는 걱정도 좀 크고, 중간고사가 끝나면 바로 기말고사라는 어이없는 학사일정 때문에 힘도, 에너지도 더 많이 훅 빠져버린 것 같아. 6월 하면 중간고사 외에도 좀 더 많은 일들이 있었어. 그중에 대표적인 게 바로 우리가 드디어 등교개학을 시작했다는 거지!

　5월까지는 전면 온라인 개학이었다면 6월부터는 격일이기는 하지만 학교에 갈 수 있게 되었어. 그렇게 원하던 등교개학인데, 그 설렘은 한 일주일 가고 없어졌어. 역시 집이 좋다는 걸 다시 한번 뼈저리게 느꼈지. 그래도 친구들을 조금이나마 보면서 이야기하고, 새로운 친구들을 사귈 수 있다는 사실이 좋았어. 그렇게 등교개학을 하고, 친구들을 사귀고, 시험공부도 하다 보니 어느새 중간고사 코앞까지 다가와 있지 뭐야. 열심히 준비를 하고 대망의 중간고사 날, 아침 일찍 일어나서 영어 본문 프린트를 외웠어. 그 다음 아침을 먹고 학교에 가서 시험을 쳤어. 첫날 시험은 생각보다 괜찮았어. 내가 열심히 공부한 과목인 국어랑 과학이 있어서 기분 좋게 시험을 마칠 수 있었어. 문제는 그 다음 날이었어. 우리 학교 수학이 생각보다 정말 어렵더라고. 내 능력의 한계를 느끼고 탈탈 털려서 집에 왔어. 그래도 성적은 그럭저럭 잘 나와서 나름 만족스러웠어. 이렇게 '중간고사' 하나로 또 한 달이 빠르게 지나갔어. 6월은 그때도 힘들었지만 지금 생각해도 정말 바쁘고 힘들었던 것 같아.

6. 중간고사가 방금 끝났는데 시험이… 또? 7월

　이번 학기 학사일정을 지옥에서 온 일정이라고 하던데, 진짜였어. 중간고사가 어제 끝났는데, 기말까지 한 달도 안 남았을 때 기분은 정말 최악이었지. 심지어 그때는 중간고사에 비해 과목 수도 많은데 기간은 훨씬 짧아져서 정말 바빴어. 늘어난 과목들이 다 암기과목이라서 외울 것도 두 배가 되어서 나를 찾아왔지. 그래도 한번 해봤다고 시험 기간 학원 과제들은 적응이 돼서 중간고사 때만큼 벅차고 어색한 느낌은 좀 사라졌던 것 같아. 역시, 경험이 중요하다는 말이 진짜인 것 같아. 그래도 기술 가정이나 도덕, 한문 같은 과목 암기는 정말 힘들었어. 애초에 외우는 걸 잘 못하기도 하고 외워야 할 양도 많았는데, 설상가상으로 그게 좀 생소한 것들이라 뇌에 잘 들어오지도 않는 느낌이랄까? 그래도 어떻게든 다 외우고 다른 과목들 준비도 하니까 벌써 기말고사가 찾아왔어. 기말고사 때는 중간고사만큼 그렇게 떨지도 않았던 것 같아. 1일차에 도덕, 과학, 역사를 봤는데 도덕은 좀 많이 쉬워서 점수 걱정은 별로 안 했어. 과학은 좀 어려웠고 역사는 그냥 그랬어. 2일차에는 수학, 영어, 한문을 봤어. 수학은 중간고사 때보다 덜 떨어서 그런지 확실히 중간고사 때보다는 나았어. 근데 영어가 진짜 어려웠어. 지문을 읽어도 이해가 안 되는 느낌이 처음으로 들었던 것 같아. 한문도 역사처럼 그냥 그랬어. 대망의 마지막 날에는 국어, 기술가정을 봤어. 사실 이 둘이 나머지 과목에 비해서는 조금 만만하다고 생각하는 과목들이라서 전날 좀 풀어지긴 했지만 국어에서 몇 문제 막힌 것 빼고는 나름 괜찮았어. 이때는 코로나 사태가 조금 괜찮았던 달이라 시험 끝나고 친구들이랑 영화를 보러 갔어. 친구들이 좀비영화를 보자고 해서 봤는데 진짜 너무 너무 무서웠어. 영화를 다 보고는 맛있는 밥도 먹고 친구들이랑 헤어졌어. 오랜만에 친구들이랑 놀러 가니까 그렇게 좋은 거 있지. 역시 평소에 누리던 일상이 제일 소중한 것 같아.

7. 잡다한 한 달, 8월

길고 긴 시험 기간을 보내고 드디어 방학이 찾아왔어. 2주 정도의 짧은 방학이지만 그래도 방학이 있는 게 어디야! 3~4월달에 그렇게 쉬면서 학교에 안 갔는데 방학이 오니까 또 너무 좋았어. 방학 동안에는 정말 많은 일들이 있었어. 우선 코로나19 상황이 많이 괜찮아졌어. 확진자 수도 하루에 한 자리 수 정도로 적게 나왔어. 곧 종식될 수도 있겠다는 기대감이 마음속에서 피어올랐지. 코로나 상황도 좀 괜찮아지고 가족들끼리 쉬는 시간도 좀 필요할 것 같다고 생각해서 국내로 여행도 다녀왔어. 마스크도 쓰고 차로 이동하고, 숙소에 계속 있었어. 호캉스도 꽤 괜찮더라고. 먹고 자고 노는 일상이 한 이틀 정도 이어지니까 육체적, 정신적으로 쌓여 있던 피로감이 많이 사라졌어. 항상 여름이 되면 여름휴가를 가서 물놀이 하다가 왔는데 이번에는 물놀이를 못해서 그 점은 좀 아쉬웠어.

8월에는 장마도 좀 길었어. 원래 우리 지역이 진짜 비가 안 오는데 한 2주 정도 계속 왔던 것 같아. 이렇게까지 온 것도 오랜만이라 신기했어. 확실히 비가 오니까 공기가 좀 상쾌하더라고. 그건 좀 좋았던 것 같아. 맑은 공기 마시면서 걸으면 그게 나름대로 또 힐링되거든. 그렇게 어영부영 2주를 보내니까 개학이 찾아왔어, 확실히 상황이 좀 진정되긴 했는지 전체 등교를 했어. 교실 안에 30명 정도가 꽉 꽉 들어가서 수업 듣는 게 너무 오랜만이었는데, 그 분위기가 나는 너무 좋았어. 복작복작하니까 진짜 학교 온 것 같고 애들이랑 조금씩 얘기하는 것도 좋고 새 친구 사귀는 것도 좋았어. 그래도 매일매일 학교 가는 건 좀 힘들었어. 학교에 한 이틀 정도 갔나? 그때부터 코로나가 다시 기승을 부리기 시작했어. 괜찮아졌던 확진자 수가 다시 폭발적으로 늘어났어. 그래서 전체 등교도 한 주밖에 못하고 격일 등교로 바뀌었어. 매일 일찍 일어나서 학교에 가지 않아도 된다는 점은 너무 좋았지만 학교에 가면 예전 같은 분위기가 없어서 매일 갔던 때보다 더 피곤했어. 이럴 거면 전체 온라인으로 하지 왜 군이 등교를 해야 하나 생각도 했어. 이때는 코로나가 빨리 종식됐으면 좋겠다는 생각을 다른 달에 비해 더 많이 했어. 오랜만에 교실의 정적을 느끼니까 평소보다 배로 답답했지.

8. 너 왜 안 없어져? 9월

8월에 확진자 숫자가 그렇게 확확 늘더니 9월에도 그 여파는 지속되었어. 그래서 이대로 가면 더 심각해질 수도 있다는 생각이 들었는지 일주일 정도 아예 학교를 안 가고 전면 온라인으로 대체했어. 2학기도 온라인 수업이라니. 솔직히 2학기쯤 되면 코로나가 종식돼서 정상적으로 학교에 갈 수 있을 거라고 생각했어. 근데 7개월이 넘도록 백신도 안 나오고, 종식될 기약도 없다니. 이 바이러스가 정말 무섭다는 걸 한번 더 몸소 느꼈지. 아무리 사태가 심각해져도 시험은 나를 계속 찾아왔어. 1학기 기말고사 성적표를 받은 지도 얼마 안 지났는데 벌써 2학기 중간고사라니! 그래도 이것만 지나면 추석이니까 열심히 했어. 이제 세 번째 시험이라고 나름 여유도 생기고 1학기에 비해 진짜 덜 힘들었어. 그렇게 인강도 보고 문제도 풀다 보니 벌써 세 번째 시험이 다가왔고 1학기에 비해 성적이 정말 잘 나왔어. 역시 덜 긴장하니까 성적이 잘 나오는 것 같아. 2학기에서 수학이 제일 걱정되는 부분이었는데 수학 점수가 잘 나와서 기분이 좋았어. 노력은 배신하지 않는다는 말을 실감했지. 그렇게 바쁘게 시험기간을 보내고 어느새 9월 말이 됐어. 9월 말이 되면서 확확 늘었던 확진자 수가 다시 한 자리수로 줄어들고 사태가 점점 안정을 찾았어. 추석 전에 다시 안정을 찾아서 정말 다행이었지. 어쩐지 내 중간고사 끝에 아름다운 마침표를 찍어준 것 같아서 더 기분이 좋았어. (중간고사 끝났는데 확진자 수가 너무 많으면 별로잖아?)

9. 이제 좀 안정되려나? 10월

이틀 동안의 시험이 끝나고 바로 추석 연휴가 찾아왔어. 아직까지 사태가 끝나지는 않아서 친척들을 만날 수는 없었지만 원래 명절은 명절만의 설렘이 있잖아? 추석이니까 간소하게나마 제사를 지내고 남은 제사 음식을 우리끼리 해치웠어. 역시 할머니가 해주시는 제사 음식이 세상에서 제일 맛있는 것 같아. 뭐든 할머니 손을 타면 다 맛있어지는 것 같아. 연휴가 주는 여유를 즐기면서도 한편으로는 연휴에 사람들이 많이 이동해서 어렵게 진정시켜놓은 상황이 다시 원점으로 갈까 봐 걱정도 많이 했어. 그래도 다들 위험성을 느꼈는지 예상 했던 것만큼 확진자가 많이 나오지는 않았어.

10. 내가 상상하는 11월, 12월

코로나 사태 속에서도 하루하루를 살아내면서 4번의 시험을 치니까 12월이야. 그래도 2학년에 치는 시험을 다 치고 나니까 마지막 한 달은 좀 여유롭기도 하고 그동안 달려온 걸 보상받는 느낌이었어. 너무 바쁘지도, 또 너무 풀어지지도 않은 달이랄까? 11월, 12월에는 다행히 국민 모두의 노력으로 계속 확진자의 수가 한 자리숫자였고, 전세계적으로도 확진자의 수가 조금씩 감소하는 추세였어. 통계상으로도 완치자 수가 확진자 수보다 많아졌지. 네이버를 통해서 이 현황을 보고 아 이제는 좀 괜찮아질 수도 있겠구나 하면서 안심도 했어. 연말 시즌이라 사람들이 전체적으로 다 붕 뜨기는 했지만 방심했다가 확진자가 폭발적으로 늘어나는 사건을 여러 번 겪은 터라 사람들이 많이 모이지도 않고 조용히 소수로만 모여서 연말을 축하하는 분위기였어. 아, 학교도 드디어 정상등교를 했어. 근데 역시 매일 일찍 일어나서 학교 가는 게 여간 힘든게 아니었어. 그래도 8월달에 잠깐 느끼고 말았던 교실의 복작복작한 분위기를 계속 느낄 수 있어서 좋았어.

돌이켜보면 2020년은 정말 많은 일들이 있었던 것 같아. 그중에 제일 큰 건 당연히 코로나19 사태지만 그 외에도 여러 분야에서 많은 사건들이 있었지. 말도 많고 탈도 많았던 2020년이 끝난다니 조금 아쉽기도 했어. 새로운 2021년이 벌써 다가온다니 설레기도 했어. 작년 12월 31일부터 티비 보면서 제야의 종 울리는 것만 보고 있던 게 엊그제 같은데 벌써 2021이라니. 올해는 한 것도 없고, 추억도 별로 없는데 새로운 해가 찾아와서 조금은 허망하기도 했어. 12월로 미뤄진 수능은 무사히 치러졌어. 원래 11월 하면 수능의 달이잖아. 근데 그걸 12월에 친다고 하니까 되게 신기했어. 그래도 이 사태가 더 이상 확산되지 않아서 12월에 수능을 칠 수 있다는 게 다행이라는 생각도 했어. 한편으로는 왜 계속 잠잠하기만 하고 종식은 안 될까 싶어서 답답하기도 했어. 빨리 마스크를 벗고 코로나의 위협이나 그 위협에 대한 공포감에서 벗어나고 싶었거든. 나뿐만 아니라 모든 사람들이 다 그랬겠지?

11. 정말 끝, 먼 훗날 20nn년 n월 n일

드디어 우리를 두려움에 떨게 했던 코로나19가 종식됐어. 마스크를 안 쓰고 거리를 다닐 수 있다는 사실이 너무 행복한 거 있지. 간절히 원하던 나와 우리의 평범한 일상이 드디어 자리를 잡은 거야. 예전부터 상상만 했지 이런 날이 진짜 찾아올지는 몰랐는데 드디어 찾아오다니! 앞으로는 이런 재난 상황이 다시는 없었으면 좋겠어.

바이러스 속에서
빛난 나의 꿈

정연경(2학년)

·
·
·
·
·

　안녕하십니까. 저는 동도중학교 2학년 정연경입니다. 저는 미래의 한 소아과의사가 바이러스에 감염된 환자들을 치료하는 현장에 갈 것인지 갈등하는 상황과 직업에 대해 고민하는 상황에 대해 글을 썼습니다.

　현재 코로나 바이러스로 수많은 사람들이 병에 걸리거나 죽음을 맞는 상황에서 의료진들이 코로나환자를 치료하기 위해 두 팔을 걷고 나섰는데요. 내과의사인 아버지도 의사로서의 책임을 다하기 위해 코로나 검진 현장으로 가셨습니다. 저는 아빠가 걱정되어 말렸지만 '의사로서 마땅히 해야 할 일'이라며 감염 위험이 높은 일을 자청해서 하는 아빠를 보며, 제가 과연 미래에 이러한 상황을 직면하게 된다면 아빠처럼 행동할 수 있을지를 고민하며 이 글을 써 보았습니다. 소설 속 주인공에 감정을 이입해 글을 쓰다 보니 의료진의 노력과 번뇌에 더욱 공감하게 되었습니다. 저 또한 주인공과 마찬가지로 소아과의사가 꿈인 만큼 의사로서 환자를 위하고 희생할 준비가 되어 있는지 돌아보는 계기가 되었습니다.

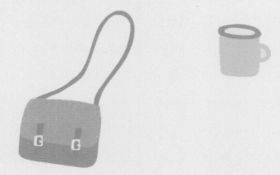

마침내 나의 꿈을 이루다

2030년, 내가 어릴 때부터 그토록 꿈꿔왔던 소아과 의사가 되었다. 나는 어릴 때부터 아기들을 무척 좋아했다. 작은 키와 작은 손, 작은 입으로 조곤조곤 말하고 생글생글 웃는 아기들의 모습은 너무나도 귀여웠다. 초등학생 때는 부산에 사는 3살 사촌동생을 보기 위해서 부산까지 놀러가곤 했었다. 내 손을 잡던 작은 손의 보들보들한 감촉과 나에게 "언니." 하면서 쫄래쫄래 따라와 애교를 부리던 모습은 아직도 잊을 수 없다. 명절만 되면 친척 집에 가서 아기가 오기만을 기다렸다. 심지어 나와 3살 차이가 나는 남동생도 너무 귀여워서 동생이 잘 때면 자는 얼굴을 한참 들여다보곤 했다. 아기들이 너무 귀여웠고, 이렇게 귀여운 아기들이 몸이 약한 어릴 때 병에 걸려 아파하는 모습을 보면서 내가 소아과 의사가 되어 귀여운 아기들의 생명을 구해야겠다고 생각했다.

내과 의사인 아빠가 환자들을 치료하는 모습 또한 의사가 되고픈 나의 소망을 더욱 커지게 했다. 환자들을 최선을 다해 치료하고 그들이 건강해졌을 때 보람과 뿌듯함을 느끼는 아빠의 모습은 나도 의사가 되어 다른 사람의 목숨을 구하는 훌륭한 사람이 되어야겠다는 생각을 하게 만들었다. 소아과 의사가 되어 의사로서 책임감을 다하는 멋진 사람이 되고 싶었다. 물론 의사가 되기 위해서는 많은 고난과 힘듦을 겪어야 했다. 누구보다 열심히 공부했으며, 때로는 공부와 학원의 반복되는 일상에 질려 슬럼프가 온 적이 있었지만 그럴 때마다 아기들을 떠올렸다. 소아과 의사가 되어 그들의 생명을 구하는 나의 멋진 미래의 모습을 떠올리며 힘을 냈고, 그러한 나의 노력이 나를 소아과 의사로 이끌어 주었다.

의대에 합격했다는 소식을 듣고는 한동안 너무 얼떨떨했고 꿈인 것만 같았다. 대학시절 해야 하는 공부는 의대에 합격하기 위한 것만큼이나 치열했지만, 나는 앞으로 그려질 새로운 삶을 그리며 최선을 다해 살아가자고 다짐을 했다.

소아과 의사가 되기까지의 과정

소아과 의사가 되기까지의 과정은 힘들었다. 처음 대학병원에 들어가 레지던트, 인턴으로 일하며 수많은 응급환자들과 그들의 죽음을 보았다. 어릴 때 사람의 죽음을 한 번도 보지 못했던 나에게는 사람이 죽는 모습은 너무나도 충격적이었다. 심폐소생술을 하고 급히 응급처치를 했지만, 수많은 사람들이 죽었고 세상을 떠난 사람을 둔 가족의 절망과 고통은 나에게도 고스란히 느껴졌다. 그들이 조금만 더 빨리 병원에 도착했더라면, 119 구조대원들이 조금만 더 빨리 도착해서 응급처치를 했더라면... 여러 생각들이 내 머릿속을 감쌌다. 30초, 1분 이 짧은 시간이 위급한 환자들에게는 그들의 생명을 좌우하는 것이었다.

많은 사람들의 죽음을 목격하면서 어린아이들의 죽음 또한 많이 보았다. 그 작은 키와 약한 몸으로 죽기 직전까지 고통을 받는 아이들의 모습을 보니 너무 마음이 아팠다. 어떻게 이렇게 귀엽고 해맑은 아이들을 세상에서 떠나보낼 수 있을까 생각하니 아이들 부모님의 절망감이 나에게도 전해지는 것 같았다.

그렇게 수많은 사람들의 죽음을 보면서 정말 의사라는 직업이 필요하고 의사는 환자의 생명을 살리는 직업이기에 책임감이 많이 요구된다는 것을 알았다. 어서 소아과 의사가 되어서 아이들의 생명을 한 명이라도 더 구하고 싶다는 생각이 간절했다. 그런 다짐 속에서 나는 소아과 의사가 되었다.

소아과 의사로서 맞이한 첫 위기

소아과 의사가 되어 많은 일들을 겪으며 5년째를 맞이하던 해, 나의 인생에서 어쩌면 가장 중요할지도 모르는 사건이 발생했다. 어느 겨울 날, 인천에서 어린아이 한 명이 심한 기침과 고열을 동반하며 갑작스럽게 사망하는 사건이 발생했다. 그날을 시작으로 갑작스럽게 전국 곳곳에서 심한 기침과 고열을 동반한 독감과 같은 증세를 보이는 아이들이 많아졌다. 이에 우리 정부는 독감이라고 판단하였고 더 이상의 조치를 취하지 않았다. 하지만 바이러스는 나이가 어리고 면역이 약한 어린아이들을 대상으로 급속도로 퍼져갔고, 수많은 어린이들을 죽음에 몰고 갔다. 뒤늦게서야 이것이 이름 모를 바이러스 때문인 것을 알게 되었고, 우리 정부에서는 급히 의료진들을 파견하여 증상이 심한 어린이들을 치료하기 시작했다. 문득 내 머릿속에서는 10년 전 세계의 수많은 사람들을 죽음에 몰고 간 코로나 바이러스가 떠올랐다.

2020년 그때의 공포의 코로나 바이러스

코로나 바이러스는 2020년에 전 세계의 수많은 사람들을 죽게 만든 바이러스였다. 2019년 말에 중국 우한에서 시작된 이 바이러스는 2020년 2월 말 우리나라 전국으로 확산되었다. 어릴 때 겪은 메르스 사태 이외에는 코로나 바이러스처럼 대규모의 바이러스를 처음 겪은 나는 바이러스가 단기간에 종식될 줄 알았다. 하지만 2월 중반 내가 살던 대구에서 한 코로나 확진자가 대구 여러 곳을 방문하여 사람들에게 코로나 바이러스를 옮기면서 바이러스가 크게 확산되었다. 그 당시엔 자고 일어나면 하루 사이에 대구 코로나 확진자 수가 몇 백

명씩 늘어나 있었다. 나는 아침에 눈을 뜰 때마다 코로나 확진자 수가 또 얼마나 증가할지에 대해 걱정하고 두려워했다. 계속되는 코로나 바이러스에 개학이 미뤄지고 학원들은 휴원하였고, 외출도 하지 못한 채 집에서 코로나 바이러스가 종식되기만을 기다렸다.

하지만 코로나 바이러스로 점점 더 많은 사람들이 죽었고 우리나라 정부는 부족한 의료진의 수를 메우기 위해 전국의 의료진들을 모집하였다. 내과 의사였던 우리 아빠도 코로나 의심환자들을 검사하는 일을 맡았다. 아빠가 처음에 코로나 의심 환자들과 접촉한다고 했을 때 나와 내 동생은 아빠를 말렸다. 혹시 아빠가 그들과 접촉하다가 코로나 바이러스에 감염될 수도 있기 때문이었다. 하지만 아빠는 의사로서 집에만 있을 수 없다며 코로나 환자들을 돌보는 일에 참여하겠다고 말했다. 우리 가족은 아빠가 걱정되었지만, 의사로서 책임을 다하는 아빠를 말릴 수 없었다. 아빠가 방호복을 입고 선별진료소에서 코로나 의심환자들을 검사하는 일을 마치고 집에 무사히 돌아오자 나는 아빠가 무사히 돌아왔음에 감사했다. 또 아빠가 자랑스럽고 훌륭했다. 아빠 이외에도 수많은 의료진들이 코로나 환자들을 치료했다. 그들은 자신이 위험해질 수 있는 상황에서도 의료진으로서 책임을 다했고 우리나라 국민들은 모두 그들에게 너무 감사해했다.

2020년 우리나라에서는 많은 사람들이 코로나에 확진되었지만, 사망률이 다른 나라보다 낮았는데 그 이유는 위험을 감수하면서 코로나 환자들을 치료한 의료진들의 노력과 희생 덕분이라 생각한다. 의료진들과 아빠의 모습은 소아과 의사가 꿈인 나에게 과연 내가 의사가 되었을 때 지금과 같은 상황을 직면한다면 용기를 내서 환자들을 치료하는 일에 참여할 수 있을까 고민해 보는 계기가 되었다.

　그때의 내 생각이 지금 현실로 다가온 것이었다.

갑작스러운 아이의 죽음과 나의 결심

　점점 사태가 심각해지고 있는 가운데, 수많은 의료진들이 어린이들을 치료했다. 나 또한 치료를 하러 가야 했는데, 막상 병원으로 가려니 혹시 나도 바이러스에 감염되는 것은 아닐까 걱정되었다. 분명 소아과 의사로서 내가 맡은 일을 다 하는 것이 옳은 일이데, 내 마음이 따라주지 않았다. 자꾸만 나도 바이러스에 감염될 수도 있다는 불안감을 느꼈고 용기가 사라져 갔다. 계속 갈등하던 상황에서, 충격적인 소식이 들려왔다. 중학교 때부터 절친한 친구의 딸이 바이러스에 걸려 사망했다는 소식이었다. 그 소식을 들은 순간 내 스스로가 너무 부끄럽고 죄책감이 들었다. 그 친구는 나와 중학교 때부터 제일 친한 친구였고 내가 힘들 때 늘 옆에서 위로해 주고 응원해 준 친구였다. 친구의 아이도 너무 귀여워서, 친구의 집에 놀러 갈 때마다 함께 놀며 장난을 쳤다. 일 주일 전까지만 해도 나에게 해맑게 인사를 했었는데 갑자기 죽다니, 하늘이 무너지는 것 같았다. 그동안에 나는 대체 무엇을 한 건지, 죄책감이 밀려왔다. 내가 좀 더 적극적으로 나서서 아이를 치료해 주었다면 그 아이는 살 수 있었을지도 모른다는 후회를 하며 내가 진정한 의사가 맞는지 스스로의 머리를 쥐어박으며 생각했다. 그 순간 아빠가 어릴 때 나에게 한 말이 떠올랐다.

"의사도 사람이기에 실수를 할 수 있단다. 하지만 의사는 아픈 사람들의 생명을 살려내야 하기 때문에 다른 사람보다 자기 잘못을 인지하고 빨리 다시 자신이 맡은 일로 돌아와야 해. 네가 나중에 혹시 실수를 하게 될지라도, 죄책감에 계속 시달리지 말고 네 도움이 필요한 아이들을 떠올리며 다시 힘을 내서 아이들을 치료하렴. 알았지?"

그때의 아빠의 말은 지금의 나에게 하는 말인 것 같았다. 나는 그 순간 결심했다.

'그래, 내가 계속 이렇게 죄책감에 시달려서는 안 돼. 나는 지금까지 소아과 의사로서 정말 열심히 아이들을 치료했고 수많은 아이들을 살려냈어. 비록 한 아이의 생명을 구해내지 못했지만 지금이라도 빨리 병원에 가서 남은 어린이들을 바이러스에서 구해내야 해.'

나는 곧 바로 병원에 갔다. 병실에 누워 있는 아이들을 보자마자 눈물이 나왔다. 아이들은 지독한 바이러스로 인해 얼굴이 핼쑥해져 있었고 모두 힘들어 보였다. 그 작은 몸으로 바이러스를 견뎌내야 했으니 당연한 일이었다. 내가 빨리 와 주지 못해 미안하다고 전하고 싶었다. 나는 서둘러 방호복을 입고 한 명 한 명 최선을 다해 치료했다.

그렇게 위험을 감수하고 아이들을 치료한 지 약 1년이 지나자, 드디어 백신이 개발되었고 어린이들도 무사히 나아서 우리는 일상생활로 돌아갈 수 있었다.

진정한 소아과 의사가 되기까지

나는 1년 전의 그 바이러스를 아직까지 잊지 못한다. 그때 아이들을 치료하는 일을 주저한 것에 아직까지도 죄책감을 느끼고 있지만, 그후에 수많은 아이들을 치료해 내고 살려냈기 때문에 나 스스로에게 자신감과 용기를 가지고 있다. 내가 의사로서 직접 전염병을 겪어보니 10년 전의 코로나 바이러스가 유행했을 때 아빠의 결심이 더 대단하고 훌륭하게 느껴졌다. 그 당시에 아빠도 자신이 위험할 수 있다는 불안감을 가졌을 것이다. 하지만 아빠는 의사로서 책임감을 먼저 생각했고 환자들을 치료하러 갔다. 이번 일을 계기로 의사에게는 환자들의 목숨을 구하겠다는 희생정신과 봉사 정신이 가장 중요하다고 느꼈다. 간혹 돈을 많이 벌기 때문에, 안정적인 직업이기 때문에 의사가 되려는 사람들도 있을 텐데, 그들도 의사로서 아픈 사람들을 우선으로 여겨 환자들의 목숨을 살려내는 일에 최선을 다해야 한다고 생각한다. 나 또한 이번 일 이후에 아픈 어린이들을 더 열심히 치료하고 있다. 앞으로도 소아과 의사로서 나의 인생을 의미 있고 보람차게 살아갈 것이다.

이제 백신이 개발되어 어린이들이 밝게 미소 지으며 살아갈 수 있다는 것이 너무 기쁘다. 어린이들이 이런 큰 바이러스를 겪지 말고 건강하고 행복하게 살아가면 좋겠다. 내가 소아과 의사 일을 하며 힘들지만 즐겁게 살아갈 수 있는 이유는 단 하나, 건강해진 어린이들이 나를 향해 미소지으며 '감사합니다.' 인사하는 모습이기 때문이다.

푸른빛 꿈

김수현(2학년)

· · · · · ·

★ 작가 소개 ★

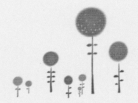

저는 동도중학교 2학년에 재학 중인 김수현이라고 합니다. 이번 책 주제가 꿈에 대한 것이었는데 솔직히 아직 커서 어떤 직업을 갖고 싶은지에 대한 자세한 목표 같은 것이 없어서 고민하다가 어차피 인생은 행복하게 사는 게 목표 아닌가! 라는 생각이 들어 주제를 '행복하기'로 정했습니다. 솔직히 소설을 잘 쓰고 싶어서 판타지 적인 요소도 넣어보았는데 결과물은 새벽감성에 판타지 한 꼬집 넣은 요상한 글이 되었네요.

제목은 전체적인 분위기가 우울하다고 느껴서 우울을 뜻하는 푸른빛과 꿈을 합쳐 만들었습니다. 아무튼… 과제를 미루면 결국은 배로 고생한다는 큰 교훈을 얻고 가는 것 같습니다.

#Prologue

　선선한 늦여름과 가을 그 사이 애매한 경계선에 위치한 그런 날씨, 그런 바람이 불어오는 그저 그런 밤. 창문 밖으로 동네를 굽어 감싸는 기찻길과 그 뒤로 빽빽하게 들어찬 집들이 잘 보이는 작은 방, 그 속의 어지럽게 널려 물에 젖은 책들, 쏟아진 서랍과 부서진 책장. 그리고 나와 푸른 색색의 원들. 한 두 평 남짓한 그 방안은 어쩐지 물로 가득 차 있는 듯한 기분이 들게 했다. 답답하고, 먹먹했다. 어쩌면 곧 숨통이 끊길 것 같이. 그 속에서 내가 할 수 있는 것은 아무것도 없었다. 부정하는 것보다는 받아들이는 게 더 편하니까. 그저 받아들이고 무던해지려 노력할 뿐 이었다. 어쩌면, 이것도 '나'의 한 조각이니까.

1

그날도 다를 건 없었다. 여느 때와 같이 밤 10시를 알리는 종이 치자마자 사람들을 토해내는 학원 빌딩들, 빵빵거리는 차들, 그 사이를 가만히 걷고 있을 뿐이었다. 휘황찬란한 색깔을 뿜내며 바쁘게 돌아가고 있는 세상 속에서 나만 혼자 흑백으로 가만히 놓여있는 것 같다는 생각을 할 즈음, 누군가가 말을 걸었다. 나와 똑같은 색을 가진, 적어도 나의 눈에는 그렇게 보이는 사람.

"안녕?"

분명히 날 보고 이야기한 것 같았지만 무시했다. 요즘 같은 세상에 누가 길가는 생판 모르는 남한테 말을 건단 말인가. 게다가 안녕이라니, 딱 '도를 아십니까' 그 이상 그 이하로도 보이지 않았다.

그래도 혹시 진짜 나를 부른 건 아닐까, 하고 뒤를 돌아보니 그 사람은 여전히 그 자리에 서서 그저 나를 보며 미소 짓고 있었다. 눈이 마주쳤고, 순간적으로 오싹 소름이 끼쳤다. 분명 악의를 담은 눈 같진 않았는데 이유를 알 수 없었다. 주변과 어울리지 않는 어딘가 묘한 기운 때문에 그런 것이었겠지.

"그래, 너. 사람이 부르면 좀 봐주지 그래?"

"잘못 들었다고 생각했죠. 길 가다가 생판 모르는 사람이 인사하는 게 흔한 일인가 뭐."

"그런가? 하긴 넌 나를 모르겠구나. 맞네."

분명히 기억을 더듬어 봐도 저런 사람은 내 인생에 존재한 적이 없었다. 게다가 내 인맥이 그렇게 넓지도 않은데 꼭 나를 아는 것처럼 이야기하다니. 저게 바로 초등학교 때 배웠던 아는 사람인 척 유인해서 납치해 가는 유괴범이 아닌가 싶었다. 그런데 지금 여기서? 사람도 많고 차도 많은데? 게다가 난 절대 파릇파릇한 초등학생처럼 보이진 않을 텐데. 내가 그런 사리 분별도 못할 만큼 멍청해 보인다는 건가.

"무슨 일이신데요."

솔직히 내가 들어도 싹수없이 들리긴 했다. 그래도 어쩌겠는가. 밤 열 시에 이상한 사람을 만났는데 의심이 드는 건 당연하다. 솔직히 잡혀가든 말든 그렇게 큰일은 아니라고 생각했지만, 어쨌든 변화를 맞는다는 건 두려우니까. 그 사람은 나에게 진짜 진짜 이상한 말을 건넸다. 도저히 내 두뇌로는 절대 이해할 수 없을 말.

"음, 별건 아니고, 우리 친구 할래?"

이 말을 들은 나는 거의 5초간 얼이 빠져 있을 수밖에 없었다. 솔직히 밤 열 시에 학원가에서 혼자 길 가던 중학생한테 다 큰 어른이 친구 하자고 하는 게 대체 무슨 소리인가. 납치, 유괴. 내 머릿속에는 이런 생각밖에 돌아다니지 않았다. 아니면 정신병원에서 탈출한 정신병자이던가.

"왜 그러세요? 저 유괴하실 생각이라면 그렇게 에둘러 말하지 않으셔도 돼요. 대체 저한테 왜 그러시는 거예요?"

"엉? 유괴? 진짜 아니야."

대화를 나누면 나눌수록 더 미로 속을 헤매는 느낌이었다. 이게 뭐야 대체? 미친놈한테 잘못 걸린 것 같다는 생각도 들고, 그냥 이 자리를 뜨고 싶었다.

"아니면 됐어요. 친구신청인가 뭔가 하여튼 그거 거절할게요. 그럼 볼일 끝난 거죠?"

215

그제야 등을 돌려 그 자리를 벗어나려고 발을 떼는데, 또다시 그 사람의 목소리가 나를 불러 세웠다.

"아, 아 근데 있잖아. 나 하나만 물어봐도 돼?"

"뭔데요?"

"꿈이 뭐야?"

나는 이 질문을 듣고 또다시 어이가 없을 수밖에 없었다. 대뜸 불러 세워놓고는 하는 말이 꿈이 뭐냐니. 사회복지기관 뭐 이런 데서 설문조사 나온 사람이라도 되는 건가? 내 표정이 너무 똥 씹은 표정이니까 간이상담 같은 거 진행하는 건가? 일단 지금 당장은 이 자리에서 벗어나고 싶으니까 대충 뭉뚱그려 대답했다.

"행복하기요."

행복하기. 뭐 틀린 말은 아니지 않나. 어쨌든 세상 사람들 전부 궁극적으로는 다 언젠가 행복하게 살려고 그렇게 현재를 아등바등 사는 거 아닌가. 다들 그런 거 아닌가.

"그래? 그럼 넌 지금 행복하지 않다는 거네?"

"아뇨. 행복해요."

내가 생각해도 이상했다. 솔직히 그 사람의 말엔 틀린 것이 없었다. 보통 사람들은 이미 이루어진 것을 꿈으로 말하지 않으니까.

'아, 또 꼬투리 잡히겠구나'

한숨이 절로 나오는 중이었는데,

"음 뭐, 그럼 갈게! 나랑 친구할 생각이 없다니 아쉽지만, 뭐, 다음 번에 나 봤을 때는 친구해 줘.

또다시 자신은 아무것도 모른다는 듯 해맑은 미소를 지으며 예상외로 나를 순순히 놓아주었다. 나에게 흥미가 떨어진 건지, 설문조사를 끝마친 건지, 유괴를 포기 한 건지는 모르겠지만, 진짜 머리부터 발끝까지 이상한 사람이었다. 어쨌든 이제 나랑은 전혀 상관없는 사람인 거다. 방금 그 사람이 한 '다음번에'가 좀 거슬리긴 했지만 말이다.

#B side

내가 아마도 껄끄럽게 느껴지는 모양이다. 분명히 이 자리를 벗어나고 싶은 마음으로 대충 행복하다고 이야기를 한 것이겠지만, 그 아이의 눈만은 진실을 말하고 있었다. 나 절대로 행복하지 않다고. 절대로.

2

띠리리릭.

도어락이 열리는 소리, 그리고 1, 2, 3, 4, 5. 5초간의 정적, 그 짧고도 긴 정적 끝에 기다리고 있는 파열음들과 고성들. 너무나도 익숙한 장면이다. 그런데도 지금 이 감정은 무엇일까, 슬픔과 분노 그사이 아슬아슬한 줄타기를 하는 듯한 어중간한 감정. 누가 인간은 적응의 동물이라고 했던가. 해가 바뀌도록 겪어도 익숙해지지 않는 이 감정은 나를 벼랑 끝으로 내몰았다. 오히려 날이 갈수록 누적되어 증폭 되어가는 이 감정은 어느새 내가 손 쓸 틈 없이 톡 건들면 금방이라도 터져버릴 듯이 부풀어 올라 있었다.

217

그리고,

퍽.

마침내 터져버린 그 둔탁한 소리 뒤로 작은 파열음 소리가 따라붙
어 맴돌다 다시 공중으로 흩어졌다. 어쩌면 그 순간 머릿속도 같이
터져버린 건지 모든 생각들이 멈췄다. 또다시 이어진 정적과 다시 반
복되는 고성과 다른 둔탁한 소리. 그저 생리적인 아픔에 의해 눈물이
고였고, 또 그 사이로 웃음이 비집고 나왔다. 왜 웃음이 나오는 지는
사실 나도 잘 모른다. 그냥이다, 그냥

아무 생각도 들지 않아 오직 하얀색으로만 칠해진 머릿속을 뒤로
하고 몸을 일으켰다. 문을 열고 나가 그저 발걸음이 이끄는 대로 따
라갔다. 이 상황을 받아들이고 싶지 않았다. 끔찍했다. 아무런 생각
도 들지 않았다. 그저 불이 깜박거리는 도시의 밤거리를 걷고 또 걷
을 뿐이었다.

정처 없이 그렇게 한참을 걷다 보니, 서서히 생각이 돌아오기 시작
했다. 발걸음을 멈추고, 주변을 둘러보니 집에서 그리 멀리 떨어지지
않은 강변에 와 있었다. 강 뒤로 비치는 네온사인이 반짝거리는 유
흥가와 대비되게, 쓸쓸하게 켜진 조명 몇 개만이 칠흑 같은 강을 비
추고 있었다. 강은 아무 흔들림 없이 고요하게, 그저 도시의 풍경을
제 몸 위에 옮겨놓고 있을 뿐이었고, 다리는 새카만 강 위에서 반짝
이며 제 존재를 알리고 있었다.

머리가 복잡했다. 더할 나위 없이 무거워진 다리를 질질 끌고 다리
로 향했다. 늦여름과 초가을 사이의 선선한 바람이 기분 좋게 나를

스치고 지나갔다. 그렇게, 다리 한중간, 아무 미동도 없는 고요한 강물을 쳐다보고 있자니 눈물이 왈칵 쏟아졌다. 생각의 수문을 막고 있던 장벽이 탁하고 풀리는 느낌이 들었다. 어디서부터 이렇게 잘못된 걸까, 대체 내가 뭘 그렇게 잘못한 걸까. 서러웠다. 그저 세상이 미웠고, 현실이 끔찍했다. 여기서 벗어나고 싶었다. 노력하면 안 되는 게 없다고 하지만 아무리 노력을 해도 안 되는 것은 분명히 존재했다. 그럴땐 포기하는 게, 도망치는 게 방법이고 최선책인 거다. 하지만 나는 그걸 못하니까 해가 바뀌도록 이러고 있는 거겠지.

"안녕, 또 보네."

놀랍게도 나를 내 생각의 파도 속에서 꺼내온 것은 다름 아닌, 몇 시간 전에 봤던 그 사람이었다. 마음 한쪽에서 저 사람이 왜 여기서 나오지? 스토킹 뭐 그런 거 아니냐는 의구심이 피어올랐지만 그냥 덮어버렸다. 지금 그런 걸 따져서 뭐하게. 아무 의미 없다는 생각이 들었다. 어쩌면 시답잖을 위로를 해줄 사람이 필요했던 것일지도 모르겠다.

"…… 네."

나의 미적지근한 반응에도 그 사람은 당연히 나의 이런 반응을 예상했다는 듯 고개를 끄덕이고는 그대로 내 옆에 주저앉아 나처럼 강물을 바라보았다. 그리고 그냥, 그렇게 있을 뿐이었다. 한참동안 정적이 흘렀다. 그 사람과 나란히 앉아 강물을 바라보는 그 정적이 이상하게 어색하지 않았다. 마치 오래된 친구 같이. 한참을 그렇게 있었을까, 정적을 깨고 그 사람이 말을 꺼냈다.

"행복한 거 맞아?"

"네, 네?"

이 사람은 행복에 왜 이렇게 집착하는 걸까. 내가 아까 이 사람 만났을 때 내 꿈이 행복한 거라 이야기해서? 나는 그저 갑자기 튀어나온 행복에 당혹스러울 수밖에 없었다.

"너, 아까 나한테는 행복하다고 했잖아."

"그렇죠."

"근데 너는 딱히 행복해 보이지는 않는데?"

뭐야. 지금 이 사람 나한테 왜 거짓말 했냐고 따져 물으려는 건가.

"……."

"그럼 다시 한번 물을게. 너 지금 행복해?"

"……."

그 사람은 나한테서 답을 얻어내는 것을 포기했는지 한숨을 한번 쉬고는 다시 나를 보며 물었다.

"너는 왜 이 오밤중에 여기까지 와서 청승을 떨고 있어?"

"그러는 그쪽은요. 그쪽도 오밤중에 나와서 저랑 청승 떨고 있잖아요."

"네가 뭐 잘못한 거 있어?"

내 말을 가뿐하게 씹어 넘기고는 다시 묻는 그 말에 애써 잠재워 가둬 놓았던 그 감정들이 스멀스멀 올라오는 듯한 기분이 들었다. 나는 '그러게요, 나도 모르겠는데……'를 시작으로 이래도 되는 건지 생각해 볼 겨를도 없이 울며불며 모든 응어리들을 토해내듯 뱉어냈다. 그 사람은 그러고 있는 나를 그저 가만히 쳐다보며 내 말을 들어줄 뿐이었다. 그리고 내가 다시 정신을 차렸을 땐 이미 내 속 이야기를 다 쏟아낸 후였고, 급격히 쪽팔림이 찾아와 그제야 조용히 입을 다물고 먼 곳을 흘끗거리는 수밖에 없었다.

그렇게 내 이야기를 듣고는 한참을 멍을 때리는 건지, 생각을 하는 건지 조용히 강물만을 바라보고 있던 그 사람은, 나에게 조금 웃긴 말을 건넸다.

"너 진짜 멍청하다."

아무리 내가 좀 말도 버벅거리고 감정 조절에 실패해서 울며불며 이야기했더라도 굳이 저렇게 말을 꼭 해야 되나 싶었다. 솔직히 틀린 말은 아니라고 생각되어서 더 기분 나빴던 것 같기도 하다.

"네?"

"저기 봐."

그 사람이 가리키고 있는 손가락 끝에는 새카만 강물에 비친 반짝이는 다리가 있었다. 그리고 그 사람은 주변을 휘휘 둘러보더니 돌을 하나 주워 그곳으로 던졌다. 조용하던 강물에 파장이 일었고, 고요히 다리를 비추던 강물은 일그러져 다리의 형태를 알아볼 수 없게 되었다.

"딱 너잖아. 다 봐 놓고, 뭘 어떻게 해야 할지 잘 알면서도 일부러 흐리게 하는 거, 안 보이게 만드는 거. 외면하는 거."

그게, 내가 들은 그 사람의 마지막 말이었을 거다. 내가 그 말을 듣고 생각에 빠져 있던 사이, 그 사람은 떠난 듯했고 내가 정신을 차렸을 땐 내 주위엔 아무도 없었다. 마치, 꿈처럼.

3

시리도록 푸른 가을날의 어스름한 새벽에 한 아이가 걷고 있었다. 그 누구도 그 아이가 가는 곳을 알지 못했다. 하나, 그 아이만은 분명하게 제가 어디로 가야 하는지 알고 있는 듯했다.

#Epilogue

"저에게 단 하루만 시간을 주십시오. 그 아이를 만나게 해주십시오."

"그때의 너를 만나면 모든 것을 바꿀 수 있다고 생각하느냐? 네가 다시 살아날 수 있을 것이라 생각하느냐?"

"모든 것을 바꿀 사람은 제가 아니라 그 아이지요. 제가 할 일은 그저 그 아이에게 똑바로 볼 수 있는 눈을 찾는 방법을 알려주는 것뿐입니다. 그 아이가 또다시 저처럼 잘못된 길로 든다면 너무 억울하지 않겠습니까."

"알았다. 단, 하루만을 너에게 허락하겠노라."

- fin -

새롭게 열린 세상

김나혜(2학년)

· · · · · · ·

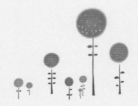

 동도중학교 2학년에 재학 중이며 도서부로 활동한지 2년째다. 작년에 이어 올해도 책쓰기부 활동으로 책을 쓰게 되었다. 책 읽는 것을 좋아하지만 다양한 장르의 책을 읽지는 않는다. 에세이나 자기계발서보다는 스토리가 있는 소설을 좋아하기 때문에 이번에도 소설을 쓰게 되었다.

 처음 등장인물과 배경을 정할 때가 가장 어려웠다. 조선시대로 돌아간다는 특성상 그 시대의 특징을 나타내는 데에도 어려움을 겪었다. 그러나 전체적인 개요를 완성하고 세부적인 내용을 추가해 갈 때는 크게 힘들지 않고 오히려 재밌었다. 한 페이지 쓰는 데만 해도 오랜 시간이 걸렸지만 책 쓰는 데 몰입하여 2~3시간씩 지났다는 걸 인지하지 못한 적이 많았다. 책을 다 쓰고 나서가 오히려 더 힘들었던 것 같다. 내용, 문장, 단어 하나하나를 수정하느라 더 많은 고민을 해야 했기 때문이다. 그래도 긴 글을 완성하고 나니 그 뿌듯함이

더욱 컸다. 다음에는 같은 주제로 등장인물만 조금 바꿔서 이야기를
진행해 보고 싶다. 등장인물의 성격, 가치관에 따라 방향이 달라지기
때문에 완전히 새로운 이야기가 나올 것 같다.

ㅣ

나는 지금 조선시대에 있다. 갑자기 여기로 떨어졌다. 어쩐지 익숙
한 느낌이 들어서인지, 한창 겁 없을 사춘기 청소년이어서 그런지는
잘 모르겠지만 '두려움' 또는 '무서움'이라는 감정이 느껴지진 않았
다. 그저 눈길이 닿는 대로 겁 없이 돌아다니며 마을을 구경하다 보
니 밤이 되었다. 마땅히 잘 곳이 없어 나무 아래 바위에 걸터앉아 생
각했다. '신이 나를 이곳에 떨어뜨렸다면 어떻게든 되겠지.' 하늘이
이 말을 들은 걸까. 눈앞에 곱게 자란 듯한 여자애가 나타나더니 자
신의 마차에 나를 태웠다. 얼마 가지 않아 여자애의 집에 도착했다.
'이게 집이야, 궁궐이야.'

내리자마자 보이는 으리으리한 집을 보며 생각했다. 나에게 방을
안내해 준 유모가 말하길 이 집안은 양반 중의 양반 집안으로 동네
사람들 중 모르는 사람이 없다고 했다.

"부족한 것 없이 자란 아가씨지만 마음이 정말 따뜻하십니다."

유모는 나에게 밥과 옷을 가져다 주시면서 그 애에 대한 칭찬을 늘어놓으셨다. 덕분에 나는 아주 낯선 이곳에서 의식주를 한 번에 해결할 수 있게 되었다. 그 애는 이미 잠들었으니 인사는 내일 아침에 하라는 유모의 말에 나도 곧바로 잠에 들었다.

날이 밝았다. 닭들이 시끄럽게 울면서 온 집 사람들을 깨운다. 그 덕에 늦잠을 자는 민폐를 끼치진 않게 되었다. 아침 일찍부터 동물들에게 먹이를 주는 사람들이 많았다. 집 안을 좀 더 구석구석 살펴보고 싶었지만 예의를 중시하는 조선사회에 맞지 않을 것 같아 마당에서 서성였다.

"정!"

뒤를 돌아보니 여자애가 나를 보고 손을 흔들었다.

"어제 네가 입은 옷에 情神(정신)이라고 적혀 있었는데 뒤에 한자는 못 읽겠더라. 그거 네 이름 맞지?"

여자애는 자기 집 마당 흙에 나뭇가지로 한자를 써내려갔다. '정신'. 내 옷에 박음질되어 있던 한자이다.

"아니. 내 이름은 한신성이야. 넌 이름이 뭐야?"

"난 장미연이야."

미연이의 웃는 모습은 수줍으면서도 해맑았다.

"신,성…. 무슨 한자야?"

나는 나뭇가지로 흙에 '神性'이라고 썼다.

"뜻은 잘 모르겠어."

"뜻을 모른다고? 흐음.. 그럴 수 있지! 그럼 내일 같이 훈장님께 가서 여쭤보자."

그러고는 작은 소리로 "자기 이름 뜻도 모르다니…."라고 중얼거렸다.

'바보. 다 들리는데.'

"그럼 넌… 네 이름은 무슨 뜻인데?"

"아름다울 미, 인연 연. 수많은 사람들이 이 세상에 살아가는데 우리가 살면서 만나는 사람은 그에 비해 매우 적으니까 만나는 사람마다 아름다운 인연을 맺고 지내라는 의미로 어머니께서 지어주셨어.""정말 좋은 이름이네."

2

미연이와 나는 마당에서 나와 산책을 하러 갔다.

"여긴 내가 가장 좋아하는 장소야. 어릴 때부터 공부하기 싫을 때면 이곳에 와서 놀았어."

미연이가 나를 데리고 간 곳은 푸른 언덕이었다.

"와!"

아래를 내려다본 순간 나도 모르게 소리쳤다. 마을이 한눈에 들어왔다.

"여기 진짜 멋지지? 저기 내 집도 보여. 저기가 내가 다니는 서당이고……."

미연이는 여기저기 설명해 주었다.

"저기. 저 집은 누구네 집이야? 서당 왼쪽 옆에 세 번째 집."

"저기? 중앙에서 파견 나온 관리네 집이라고 들었어. 꽤 높은 지위라던데? 아내랑 아들이랑 셋이서 산대. 그런데 그건 왜?"

"나도 모르겠어. 그냥 갑자기 궁금해져서."

"뭐야. 너 모르는 게 많다? 아님 나한테 숨기는 건가?"

"아니, 그런 게 아니라… 실은 기억을 잃었어. 네가 날 집으로 데려온 날 전으로는 잘 생각이 안 나."

미연이는 무슨 말을 해야 할지 모르겠다는 표정을 지었다. 그녀의 표정 속에는 당황스러움, 미안함이 섞여 있었다. 미래에서 왔다는 걸 숨기기 위해 말한 거짓말이 아니었다. 떨어짐의 충격인지 기억을 잃었다. 어렸을 때는 완전히 잊어버렸고 최근에는 드문드문 기억이 난다. 나는 나의 친구인 형식이네 집에서 지냈다. 부모가 없는 나를 형식이 부모님은 받아들여주셨고 그 집에서 살게 되었다. 그러고 보면 내가 친구 복 하나는 좋은가 보다. 조선이나 현대나 친구 집에서 얹혀서 살고 있으니 말이다.

"저기 정아. 그래서 어제 혼자 있었던 거야? 집이 기억나지 않아서?"

미연이는 나를 진심으로 걱정해 주었다.

"맞아. 정말 고마워. 그리고 미안해."

진심이었다. 하고 싶은 말은 더 많았지만 2020년에서 왔다는 걸 숨기고 있으니 죄스러운 마음에 섣불리 다른 말을 할 수가 없었다.

"미안해할 필요 없어. 어차피 그 방은 빈 방이니까 네가 기억을 잃었다는 걸 아버지가 아신다면 더 머무르게 허락해 주실 거야. 그러니까 네 집이 기억날 때까지는 우리 집에서 지내! 그리고 내가 너 기억 되찾을 수 있도록 도와줄게."

"정말? 어떻게?"

"여기저기 돌아다니다 보면 기억이 조금씩 떠오르지 않을까? 일단 나 따라와!"

미연이는 언덕을 더 올라갔고 나는 그 뒤를 따라갔다.

"여기가 좋겠다!"

그렇게 말하곤 부드러워 보이는 풀 위에 풀썩 누웠다.

"여기서 이러고 하늘을 보면 얼마나 좋은데! 지금 네 표정 되게 심각한 거 알아? 심각할 수밖에 없긴 하겠지만."

미연이의 말에 나는 웃음이 터졌고 미연이를 따라 풀 위에 누웠다. 이렇게 누워서 하늘을 바라보니 꼭 내가 구름 위에 누운 것만 같았다. 이곳의 풀들은 자연 그대로의 푸른빛을 띠며, 당장이라도 잠에 들 것처럼 푹신했다. 이러고 있으니 정말 '행복'했다. 조선시대로 떨어지는 게 가능한 일인가. 다시 2020년으로 돌아가려면 어떻게 해야 할까, 언제까지 미연이에게 신세를 질 수는 없는데 어디로 가야할까 등 아닌 척했지만 머릿속에서 떠나질 않던 근심거리들이 모두 사라진 것만 같았다.

3

"정! 일어나!"

미연이의 목소리에 눈을 떠보니 하늘은 어느새 주황빛을 띠고 있었다.

"우리 둘 다 잠들었어. 벌써 해가 지고 있는걸? 빨리 돌아가야 해."

미연이와 나는 서둘러 집으로 갔다. 그런데 문 앞에 웬 양반 옷을 입은 남자가 서 있었다. 그가 미연이의 아버지라는 걸 깨닫는 데에는 그리 오래 걸리지 않았다.

"미연아, 해가 질 때까지 안 들어오고 무엇을 한 게냐? 아침 일찍 나갔다고 들었는데. 이러지 않기로 약속하지 않았느냐. 아, 네가 어제 손님방에 왔다던 그 소년이구나."

"네, 아버지. 이 소년은 저의 친구 한신성입니다. 신성이랑 뒷언덕에 다녀왔는데 그만 잠들어버려서 늦었습니다."

잠깐의 침묵이 흘렀다.

"그래? 일단 안으로 들어가자."

나는 미연이를 따라서 안으로 들어갔다. 미연이 아버지는 유모의 말대로 엄격하신 분이었다. 미연이를 걱정하는 진심이 느껴져 더 강인하게 느껴졌다.

"한신성이라고 했나. 잠시 할 얘기가 있다. 미연아, 너는 얼른 들어가 자거라."

미연이 아버지는 손님방에 나와 함께 들어갔다.

"그래. 너는 어느 집안 사람이니?"

집안? 아, 여기 조선시대였지. 미래에서 왔다고 할 수도 없고, 내 머릿속은 빠르게 굴러갔다. 뭐라고 답해야 할까 머뭇거리고 있자 미연이 아버지는 미심쩍은 말투로 다시 한번 물어보셨다.

"네 나이에 그걸 모를 리는 없고. 말하지 못할 이유라도 있느냐. 차림은 초라하나 양반의 아들인 것 같구나."

"실은 기억을 잃었습니다. 그래서 집을 못 찾고 있었는데 미연이가 저를 발견하고 이곳에서 지낼 수 있도록 도와주었습니다. 되도록 빨리 나가겠습니다."

거짓말은 해봤자 효과가 없을 거라는 생각에 사실대로 말하였다. 미연이 아버지는 알겠다고 말씀하시곤 나가셨다. 다행히도 쫓겨나지는 않았지만 미연이 아버지의 표정이 어두웠던 것이 마음에 걸렸다.

4

"아버지, 아버지께서 늘 심계천하를 말씀하셨지 않습니까. 높은 지위에 있는 사람들이 세상을 걱정한다. 도움이 필요한 사람에게 언제나 은혜를 베풀며 살라고 그렇게 가르치지 아니하였습니다. 그런데 어찌 지금은 낮은 집안 사람인 것 같으니 멀리하라 하십니까. 아버지께서 언행불일치하시니 저도 그 말에 따를 수 없습니다."

"기억을 잃었다고 하더구나. 사실인지 아닌지는 알 수 없지만 집을 찾지 못했다고 하니 손님방에서 며칠 지내는 걸 허락하겠다. 다만 그 이상은 아니다. 그 아이의 출신도 모르는데 기억을 잃었다는 말만 믿고 언제까지 도움을 줄 순 없지 않겠느냐. 그리고 너와 그 아이는 벗이 될 수 없다."

"그건 더 말이 안 됩니다. 저는 출신과 상관없이 누구와도 벗이 될 수 있다고 가르침을 받았습니다. 더군다나 오늘 오히려 신성이에게서 다른 양반 자제들에게서 보지 못한 따뜻함을 느꼈습니다. 자신을 돋보이게 하기 위해 애쓰는 것이 아닌 겸손함을 보았습니다. 벗을 사귈 때에는 그 자의 배경을 보는 것이 아니라 그 자체를 봐야 한다. 저는 그렇게 배웠습니다."

"그 애와 얼마나 지냈다고 그렇게 단언할 수 있느냐. 네가 아직 어려서 자라온 환경의 차이를 잘 모르는 것 같구나. 나이가 들수록 이 차이가 얼마나 명확한지 느끼게 될 것이다."

"아버지!"

"밤이 깊었구나. 어서 들어가 자거라."

잠이 오지 않아 마당으로 나갔더니 미연이와 미연이 아버지의 말소리가 들려왔다. 어쩌다 보니 중요한 건 다 들은 것 같네. 미연이 아버지는 내가 미연이와 어울리는 걸 싫어하신다. 아까 집으로 들어올 때부터 그런 느낌을 받았지만 그게 출신 때문일 거라곤 예상하지 못했다. 조선시대가 이토록 출신에 각박하였는가. 그런 사회임에도 불구하고 출신에 상관하지 않는 미연이가 특별한 거겠지. 나 때문에 미연이와 미연이 아버지가 언쟁을 벌였다고 생각하니 마음이 편치 않았다. 차라리 미래에서 왔다고 말하는 게 더 나은 상황을 만들었을지도 모르겠다.

나는 어쩌다가 조선시대로 오게 된 것일까. 여기 오게 된 이유와 방법을 알아야 다시 돌아갈 방법을 찾을 수 있을 텐데. 아무리 머리를 쥐어짜도 이곳으로 떨어지기 직전의 기억이 나지 않는다. 언제까지 미연이에게 신세지고 있을 수는 없다. 방금 저런 얘기까지 들었는데 빨리 방법을 찾아 돌아가는 게 내가 할 수 있는 가장 큰 일이다.

�5

"정아, 일어났어?"

미연이 목소리에 잠이 깼다. 문을 열어보니 미연이가 웃는 얼굴로

나를 바라보고 있었다. 아무렇지 않게 평소대로 나를 대해 주었다.

"이제 일어난 거야? 닭이 우는 소리 때문에 시끄러웠을 텐데."

"그러게. 못 들었어. 정말 푹 잤나 봐."

"오늘 서당 가기로 했잖아. 빨리 갔다가 어제 갔던 언덕에서 놀자!"

"좋아. 근데 너 내 이름 알면서 왜 계속 '정'이라고 불러?"

"그냥. 내 마음이야."

"치이. 자기 멋대로야."

내 말을 듣자 미연이는 꺄르르 웃었다. 어제 아버지와의 대화에 대해 물어보고 싶었지만 해맑게 웃는 미연이의 모습을 보니 차마 물어볼 수가 없었다.

"훈장님, 안녕하세요! 친구랑 같이 왔어요."

"안녕하십니까. 한신성이라고 합니다."

"허허 반갑다. 그렇게 서 있지만 말고 어서 들어와 앉거라."

안으로 들어가니 조선시대 느낌이 물씬 났다. 누구나 알 법한 김홍도의 그림 '서당'에서 본 듯한 풍경이었다. 미연이는 들어가자마자 훈장님께 내 이름의 뜻을 물었다. 훈장님도 역시 자기 이름의 뜻을 모른다는 것에 대해 놀라셨다.

"신성이라… 글쎄다. 동음이의어는 매우 많아서 말이지. 이름을 지을 때는 어떤 한자여도 괜찮으니까."

"그게 뭐예요, 훈장님. 훈장님이라면 아실 줄 알았어요."

미연이가 실망한 기색을 보이며 말했다.

"하하. 그건 이름을 지은 사람만이 알 수 있단다."

"그럼 훈장님이 생각하는 뜻이라도 알려주세요."

"신성이라는 이름을 지었을 때 소중한 의미를 담고 지었을 것이다. 내가 함부로 의미를 붙여선 이 아이가 처음의 뜻을 잊어버린다면 그것이 예의겠느냐."

"그건 그렇네요. 이름을 지은 사람이 슬퍼할 것입니다."

"그렇지. 뜻을 알게 된다면 나에게도 알려다오.""네, 그러겠습니다."

그렇게 우리는 별 수확 없이 서당을 나왔다. 미연이는 많이 실망한 눈치였다.

"저 집, 네가 어제 나한테 물어본 집이야."

미연이는 넓은 기와집을 가리켰다. 가까이서 보니 정말 컸다. 괜히 중앙관리가 사는 집이 아니었다. 그때 어떤 아주머니가 집 안으로 들어갔다.

"아아악!"

머리가 깨질 듯이 아팠다. 나는 머리를 움켜쥐고 쓰러졌다.

"한신성! 무슨 일이야! 괜찮아?"

조금 지나니 안정되었다.

"이제 괜찮아…."

"괜찮긴 뭐가 괜찮아. 얼굴이 하얗게 질렸는데? 갑자기 왜 이래? 어디 아파?"

"진짜 괜찮아! 어서 언덕 가서 놀자."

"이 상태로 언덕에 어떻게 올라가. 당연히 집으로 가서 쉬어야지."

내가 몇 번이나 괜찮다고 했지만 미연이를 꺾을 수는 없었다. 그런 미연이가 고마웠다.

7

"어머니! 저도 서당에 다니고 싶습니다."

"우리 아들, 기특하네. 하지만 아직은 안 된다."

"왜요? 이렇게 집 바로 앞인데도 못 갑니까?"

"1년만 기다리거라. 우리 아들은 똑똑하니까 내년부터 서당에 다니게 해주마."

"진짜요? 우와 신난다!"

어머니…? 어머니가 나오는 꿈을 꿨다. 두 눈에선 눈물을 흘리고 있었다. 꿈을 다시 떠올리려고 하니 아까와 같은 통증이 왔다. 머리가 깨질 것 같았다.

"으아아악!"

나도 모르게 소리를 질렀다. 너무 아팠다. 머리보다는 가슴이 아팠다.

"신성아! 머리 많이 아파?"

내 소리를 들은 미연이가 숨을 헥헥 거리며 방 안으로 들어왔다.

"미연아."

"응. 말해 봐."

"기억이, 기억이 떠올랐어."

공백 없이 모든 기억이 떠올랐다. 이제 머리는 아프지 않았지만 계속 눈물이 났다. 기억을 되찾았다는 행복감과 그동안 쌓여 있던 불안함과 원통함이 눈물로 나왔다. 그럼에도 불구하고 이 눈물이 그치지 않는 이유는 내 부모를 잊고 살았다는 미안함에 있었다. 미안함은 애초에 부모가 없었다고 생각했던 나에 대한 분노로 이어졌고 분노는 오랫동안 보지 못한 그들을 향한 그리움이 되었다. 그렇게 나는 한참을 울었다.

"정말 고맙고 미안해."

미연이는 내가 우는 동안 계속 옆에 있어줬다. 우리 둘 다 아무 말이 없었지만 옆에 있다는 것만으로도 큰 힘이 되었다.

"서당 옆에 있던 기와집에 가고 싶은데 같이 가줄 수 있어? 그곳이 우리 집이야."

미연이는 애써 침착한 척했지만 커지는 눈과 입은 놀라움을 감추지 못하였다.

8

"어머니…."

"신…신성이니?"

오래 집을 비운 아들인데도 어머니는 단번에 나를 알아보셨다. 우리는 껴안고 울었다.

"오래 집을 비워 죄송합니다."

어머니는 한동안 말이 없으셨다. 괜찮다고 말하기엔 3년간 말도 없이 떠나버린 아들이 미웠을 것이다.

"많이 컸구나. 몸도 정신도 성숙해졌어."

"미래에 다녀왔습니다. 3년 전 마당을 청소하다 처음 보는 재질의 종이를 발견하였습니다. 신기하여 읽어보니 지금과는 조금 다른 한글이었지만 충분히 이해 가능하였고 미래에서 온 편지라는 것을 깨달았습니다. 조선시대를 연구해 보고 싶은데 이 종이에 그려져 있는 그림을 따라 흙에 그리면 역사가인 본인이 미래에서 올 수 있다는 것이었습니다. 미래라는 것이 쉽게 믿기지 않았지만 오히려 미래에 대한 호기심이 더 컸기에 속는 셈 치고 그려보았습니다. 몇 시간이 지났지만 아무 일도 벌어지지 않았고 집으로 돌아가려 그림이 그려져 있던 흙을 밟자 어디론가 끌려갔습니다. 알 수 없는 힘의 작용에 정신은 혼란스웠고 그대로 기절했었던 것 같습니다. 깨어나 보니 푹신푹신한 이불 속이었습니다. 편지를 보낸 역사가의 집이었습니다. 그의 아들이 저와 동갑인 박형식이라는 아이입니다. 형식이의 아버지는 그림이 그려진 걸 느끼고 자신이 조선시대로 떠나야 하는데 오류가 생겨 제가 미래로 왔다고 말씀하셨습니다. 당연히 돌아갈 방법을 안다고 생각하였으나 그림을 그려 시간을 이동하는 건 금지된 기술이었기 때문에 3년이 지나야 사용할 수 있다고 그러셨습니다. 처음에는 아저씨가 원망스러웠지만 이왕 미래에 온 거 재밌게 지내려고 노력했습니다. 형식이와 함께 학교도 다니고, 운동도 하며 즐겁게 보냈습니다. 밤이면 조선시대 이야기도 들려주고 아저씨의 역사 연구에도 큰 보탬을 주었습니다. 그런데도 역시 가족이 그리웠습니다. 3년이라는 긴 시간 동안 어머니, 아버지를 잊은 적이 단 하루도 있지 않습니다. 정말 그리웠습니다. 마침내 3년이 지나고 아저씨가 조선시대로 돌아갈 수 있다고 하였을 때 걱정이 컸습니다. 어머니, 아버지가 날 잊어버리신 건 아닌지 이런 불효자가 감히 다시 돌아가 키워달라고 해도 되는 건지……. 하지만 부모를 저버리고 사는 것이 가장 큰 불효임을 알기에 주저 없이 조선시대로 돌아왔습니다. 떨어진 충격이 커서 그런지 기억을 잃어 제가 2020년의 사람이라고 생각하였습니다. 그리하여 집을 찾지 못하고 길에 있는 절 여기 있는 미연이가 자신의 집으로 데려가 재워주었습니다. 어머니. 저를 용서해 주시겠습니까. 말도 없이 사라져버려서 죄송합니다. 정말 보고 싶었습니다."

어머니는 말없이 나를 안아주셨다.

"기다렸다. 돌아올 거라고 믿었다. 돌아와 줘서 고맙다."

9

"미연이라고 했지? 며칠간 기억을 잃은 신성이에게 너의 따뜻한 심성을 전해줘서 고맙다. 신성이 너, 평생 이 은혜 잊지 말고 잘해 주거라. 벌써 저녁 시간인데 밥 먹고 가지 않겠니?"

"어제 늦게 들어가서 아버지께 혼났습니다. 오늘은 집에서 저녁 먹기 전에 들어가야 할 것 같습니다."

"그렇다면 어쩔 수 없겠구나. 신성아, 미연이 데려다 주고 오너라. 길은 이제 아나?"

"물론입니다. 기억 다 돌아왔다니까요?"

미연이를 데려다주면서 그동안 하지 못한 진솔한 이야기를 나누었다. 미래에 대한 흥미로운 이야기는 다음에 또 해주겠다고 약속하고 집으로 돌아왔다.

집에 돌아오니 아버지도 와계셨다. 평소 무덤덤한 성격이셨지만 사라졌다 생각한 아들이 3년 만에 돌아와 눈앞에 있을 때 눈물을 흘리지 않는 건 어려웠을 것이다. 마침내 그토록 그리워했던 우리 가족과의 식사를 할 수 있었다. 밥을 먹으면서 긴 얘기는 하지 않았다. 그 누구도 어떤 말을 먼저 꺼내야 하는지 몰랐기 때문이다. 나는 이곳에 부모님과 함께 있다는 것만으로도 너무 벅찼기에 다른 생각은 떠오르지도 않았다.

10

"한신성!"

미연이는 날 보고 재빠르게 뛰어나왔다.

"안녕하십니까. 다름이 아니라 우리 신성이가 이 집에서 며칠 신세를 졌다고 들었습니다. 감사 인사를 전하러 잠시 들렀습니다……"

"우리는 나가서 놀자."

미연이와 나는 푸른 언덕으로 가 예전처럼 누워서 수다를 떨었다. 그때와 달라진 게 있다면 내가 다시 현대로 돌아가야 한다는 불안감이 사라졌다는 것이다. 그때의 감정이 아직도 생생하다. 소속되어 있는 곳이 없다는 게 얼마나 무서운 일인지 체감했다. 나를 소개할 수 있는 가족, 학교, 친구, 과거 그 무엇도 없었을 때. 내가 갑자기 세상을 떠나도 아무도 모를 거라 생각했던 때. 그렇기에 지금 이 순간이 더욱 소중하다. 다시 그런 일이 생겼을 때 후회하지 않도록 현재 내 삶에 충실하고 주변 사람들한테 잘할 것이다.